INVASIÓN DEL MUNDO PRINCIPAL

INVASIÓN DEL MUNDO PRINCIPAL

LIBRO UNO DE LA **SERIE** GAMEKNIGHT999

UNA AVENTURA MINECRAFT. NOVELA EXTRAOFICIAL

MARK CHEVERTON

Traducción de Elia Maqueda

Rocaeditorial

Título original: *Invasion of the Overworld*

INVASION OF THE OVERWORLD © 2014 by Gameknight Pubishing, LLC
Invasión del mundo principal es una obra original de fanfiction de Minecraft
que no está asociada con Minecraft o MojangAB. Es una obra no oficial y no
está autorizada ni ha estado aprobada por los creadores de Minecraft.
Invasión del mundo principal es una obra de ficción. Los nombres, personajes
y acontecimientos son producto de la imaginación del autor o son utilizados
como ficticios. Cualquier parecido con hechos o personas reales, vivos
o muertos, es una coincidencia.
Minecraft ® es la marca oficial de MojangAB.
Minecraft ® / TM & 2009-2013 Mojang/Notch
Todas las características de Gameknight999 en la historia son completamente
inventadas y no representan al Gameknight999 real, que es lo contrario a su
personaje en el libro y es un individuo alucinante y comprensivo.
Asesor técnico – Gameknight999

Primera edición: mayo de 2015

© de la traducción: Elia Maqueda
© de esta edición: Roca Editorial de Libros, S. L.
Av. Marquès de l'Argentera 17, pral.
08003 Barcelona
info@rocaeditorial.com
www.rocaeditorial.com

Impreso por LIBERDÚPLEX, S.L.U.
Crta. BV-2249, km 7,4, Pol. Ind. Torrentfondo
Sant Llorenç d'Hortons (Barcelona)

ISBN: 978-84-16306-07-7
Depósito legal: B. 9.520-2015
Código IBIC: YFG

RE06077

AGRADECIMIENTOS

Quiero dar las gracias a todos los amigos y familiares que me han acompañado a lo largo de esta aventura. A Geraldine, cuyo entusiasmo y apoyo constantes me ayudaron a seguir siempre adelante. A Gameknight999, que me convenció para probar Minecraft e inspiró este libro. A Chad, que estuvo disponible en todo momento, por sus sabios consejos. Y a mi esposa, que siempre confió en mí y me animó a seguir adelante cuando el camino se hacía cuesta arriba y me faltaba la motivación. Y, sobre todo, gracias a todos los lectores que os habéis puesto en contacto conmigo. Vuestros acertados comentarios me motivan para seguir trabajando y que cada libro sea aún mejor que el anterior.

«Lo que hacemos por nosotros mismos
muere con nosotros.
Lo que hacemos por los demás y por el mundo
permanece y es inmortal».

ALBERT PINE

¿QUÉ ES MINECRAFT?

Minecraft es un juego de mundo abierto donde el usuario puede construir increíbles estructuras con cubos texturizados de distintos materiales: piedra, tierra, arena, arenisca... En Minecraft no se aplican las reglas habituales de la física; en el modo creativo se pueden construir estructuras que desafíen la ley de la gravedad o que no se apoyen sobre ningún soporte visible.

Las oportunidades para la creatividad que ofrece
este programa son increíbles: la gente construye ciudades enteras, civilizaciones sobre acantilados y hasta
urbes en las nubes. No obstante, el juego real se desa-
rrolla en el modo supervivencia. En este modo, los
usuarios aparecen en un mundo hecho de cubos, tan
solo con la ropa que llevan puesta. Tienen que conseguir recursos (madera, piedra, hierro, etcétera) antes
de que anochezca para construir herramientas y armas con las que protegerse de los monstruos cuando
aparezcan. La noche es la hora de los monstruos.

Para conseguir estos recursos, el jugador tendrá
que abrir minas, excavar hasta las entrañas de Minecraft en busca de carbón y hierro y fabricar herramientas y una armadura de metal, esenciales para la
supervivencia. A medida que caven, los usuarios en-
contrarán cavernas, grutas inundadas de lava e incluso
alguna mina o mazmorra abandonada, donde puede
haber tesoros ocultos pero también pasadizos y recá-
maras patrulladas por monstruos (zombis, esqueletos
y arañas) al acecho de los jugadores incautos.

Aunque el terreno está plagado de monstruos, el
usuario no estará solo. Hay servidores enormes con
cientos de usuarios que comparten espacio y recursos
con otras criaturas de Minecraft. El juego está salpicado de aldeas habitadas por PNJ (Personajes No Jugadores). Los aldeanos corretean por estas pequeñas ciudades, cada uno a lo suyo, y ocultan en sus hogares
cofres llenos de tesoros, a veces valiosos, a veces insig-
nificantes. Los usuarios pueden hablar con los PNJ,
intercambiar objetos y conseguir piedras preciosas,
ingredientes para hacer pociones o incluso un arco o
una espada.

Este juego es una plataforma increíble en la que se
pueden construir máquinas (usando piedra roja como

combustible, por ejemplo en los circuitos eléctricos), crear partidas únicas, personalizar mapas y jugar en el modo JcJ (Jugador contra Jugador). Minecraft es un juego lleno de creatividad, batallas emocionantes y criaturas terroríficas. Es un recorrido trepidante por un mundo de aventuras y suspense en el que experimentaréis alentadoras victorias y amargas derrotas. Disfrutad del viaje.

EL AUTOR

Me encanta jugar a Minecraft con mi hijo. No se lo puse fácil, es cierto, tuvo que obligarme casi a la fuerza. Pero ahora me encanta.

Un día vio un vídeo de Minecraft en YouTube y dijo que quería aquel juego. A lo largo de todo el mes siguiente, nos repitió constantemente a mi mujer y a mí que Minecraft era una pasada y que no podía vivir sin él.

Así que al final accedimos y le compramos Minecraft. Eligió su nombre de usuario, Gameknight999, y se puso manos a la obra. Al principio jugaba solo, pero pronto empezó a venir a nuestro despacho a pedirnos que fuésemos a ver lo que había hecho... Era increíble. Había construido un castillo enorme, una carrera de obstáculos con elementos móviles, una aldea subterránea... Sus creaciones nos dejaron boquiabiertos. Soy ingeniero, y cualquier cosa que me ofrezca la posibilidad de construir me intriga de inmediato. Así que me senté con mi hijo y dejé que me enseñara a jugar a Minecraft. Enseguida me compré una licencia para mí, elegí Monkeypants271 como nombre de usuario y nos internamos juntos en el reino digital: construíamos torres, peleábamos contra los zombis y esquivábamos a los creepers.

A mi hijo le gustaba tanto jugar a Minecraft que en

Navidad le compramos un servidor. Se pasó meses construyendo cosas: castillos, puentes, ciudades submarinas, fábricas, todo lo que se le pasaba por la cabeza. Empezó a traer a casa a sus amigos del colegio para construir estructuras gigantes con ellos. Yo los ayudaba, claro, en parte para vigilarlos pero también porque soy un poco friki y me gusta jugar. Me impresionaba ver lo orgulloso que se sentía de sus construcciones. Grababa vídeos para enseñárselos a otros usuarios y los subía a YouTube. Un día, unos chicos consiguieron entrar en el servidor, probablemente porque mi hijo o alguno de los otros niños hicieron pública la dirección IP. Los griefers, que es como se llama a este tipo de vándalos, destruyeron todo lo que mi hijo había construido y en su lugar dejaron un enorme cráter. Lo arrasaron todo, echando por la borda meses y meses de trabajo. Cuando mi hijo se conectó al día siguiente, vio sus creaciones destruidas y se quedó destrozado. Para colmo, los chicos subieron a YouTube un vídeo donde se veía cómo destruían su servidor.

Hablar del acoso cibernético fue un momento clave en el proceso educativo de mi hijo. Intenté responder a sus preguntas sobre por qué la gente hace cosas así, o qué tipo de persona puede disfrutar destruyendo lo que ha hecho otra, pero mis respuestas resultaban insatisfactorias. Entonces se me ocurrió la idea de explicárselo valiéndome de lo que más le gustaba: Minecraft. Escribí el primer libro, que titulé *Invasión del mundo principal*, para intentar concienciar a los chicos sobre el acoso cibernético y sobre cómo puede llegar a afectar a los demás, además de vulnerar algo tan importante como la amistad, y utilicé Minecraft como escenario para ilustrar la lección.

Mi hijo y yo seguimos jugando juntos a Minecraft, y hemos construido estructuras que aparecen en *La ba-*

talla por el inframundo, el segundo libro de la saga de Gameknight999. Casi he terminado de escribir el tercer libro, *El combate contra el dragón*, donde Gameknight y sus amigos llegan a El Fin. Además, he empezado un libro nuevo, *Disturbios en Ciudad Zombi*, en el que Gameknight999 tendrá que enfrentarse a un nuevo villano de Minecraft.

Quiero dar las gracias a todos aquellos que me han escrito a través de mi web, www.markcheverton.com. Agradezco los comentarios que recibo tanto de los chicos como de sus padres. Intento contestar a todos los correos que recibo, pero pido disculpas si se me ha pasado alguno.

Buscad a Gameknight999 y a Monkeypants271 en los servidores. No dejéis de leer, sed buenos y cuidado con los creepers.

CAPÍTULO I

EL JUEGO DE GAMEKNIGHT

La gigantesca araña se dirigía hacia él lenta y metódicamente, con todos sus ojos rojos ardiendo como ascuas furiosas en el centro de una hoguera. Gameknight999 sabía que estaba muy cerca de su refugio, pero no tenía miedo; su armadura de hierro lo protegería. En realidad, quería que se acercara más. Esperaba haber calculado bien el tiempo. Los chasquidos de la araña, cada vez más cercanos, flotaban a través de los árboles del bosque hasta llegar a sus oídos. También se oían ruidos provenientes de su acompañante: ahora lo perseguían dos arañas. Se asomó para mirar desde detrás del nudoso tronco del árbol; echó un vistazo rápido y vio a la pareja arácnida, que lo buscaba. Los monstruos escudriñaban cada agujero oscuro y cada arbusto. Gameknight volvió a esconderse tras el árbol, sacó una antorcha y la fijó en el suelo de modo que el resplandor amarillo proyectara un cálido círculo de luz y pudieran verlo otros jugadores. Unos segundos después, extrajo la antorcha con su pico de diamante y la devolvió al inventario.

«Espero que esto baste para llamar la atención», pensó.

Desenvainando su espada, Gameknight salió de su

escondite a todo correr. Las dos arañas echaron a correr tras él en cuanto lo vieron, y los ruidos de un zombi aletargado se sumaron a la persecución. Gameknight corría tan deprisa como podía, dejando atrás árboles y colinas, asegurándose en todo momento de que sus coléricos amigos lo siguiesen de cerca como perros a la caza del zorro. Entonces, avistó su objetivo a lo lejos: dos de sus compañeros de equipo se acercaban a su posición. Gameknight sonrió, expectante.

—Dreadlord24, Salz, estoy aquí. —Gameknight tecleó el mensaje en el chat y lo envió a todos los usuarios del servidor—. Necesito ayuda.

—Ya vamos —contestó Dreadlord.

Gameknight miró hacia atrás y aminoró el ritmo para dejar que los monstruos se acercaran un poco más; el correteo de las arañas se oía cada vez más cerca. Miró hacia delante y vio que sus compañeros estaban exactamente donde él quería.

—Quedaos ahí, que ya voy yo —escribió Gameknight.

Siguió avanzando en dirección a sus salvadores, que no sospechaban nada, corriendo en zigzag para que el zombi pudiese alcanzarlo; necesitaba a los tres monstruos juntos para poder trolear a sus compañeros en condiciones. Una vez que el zombi y las arañas estuvieron lo suficientemente cerca, Gameknight corrió hacia los otros dos jugadores. Estaban en lo alto de una colina, en un claro, aunque los rodeaba un bosque espeso. La imagen le recordó a un profesor que había tenido, el señor Jameson, que se estaba quedando calvo y le asomaba la coronilla entre un círculo de pelo.

Grrr... Clic, clic, clic.

Los monstruos estaban demasiado cerca. Tenía que ir con cuidado o lo estropearía todo. Se concentró y esprintó colina arriba, con los monstruos tras él; su sed de destrucción hacía que lo siguiesen obedientes. Al llegar a la cima de la colina, Gameknight llegó hasta donde estaban sus dos compañeros y siguió corriendo, con las bestias voraces pisándole los talones.

—Pero ¿qué haces, Gameknight? —preguntó Salz. La pregunta traslucía su confusión—. Creía que necesitabas ayuda.

—Me equivocaba —tecleó Gameknight—, sois vosotros los que necesitáis ayuda.

En ese preciso instante, los monstruos salieron de entre los árboles y alcanzaron la cima de la colina, abalanzándose sobre los otros dos jugadores. Las arañas atacaron a Dreadlord, y el zombi, a Salz. Los dos eran bastante novatos: llevaban armaduras de cuero y armas de piedra. La falta de experiencia y la imprudente confianza depositada en Gameknight999 fueron su perdición. Las peludas patas negras de las arañas apresaron a Dreadlord e hicieron trizas su armadura; el ruido de los chasquidos aumentaba en el fragor del ataque. Era como si las bestias se excitaran ante la perspectiva de la muerte. Mientras tanto, el zombi extendió sus brazos verdes hacia Salz y lo machacó con golpes devastadores. La armadura de Dreadlord no aguantó, al igual que sus Puntos de Salud (PS), que se agotaron a toda velocidad. Desapareció de golpe, y su inventario se quedó flotando sobre el suelo. Las arañas, que aún no habían saciado su sed de destrucción, volvieron su mirada incandescente hacia Salz. Este, que se batía contra el zombi, no las vio saltar sobre él desde detrás. Sus PS descendieron rápidamente a cero. Gameknight contemplaba la batalla muerto de risa desde el otro lado de la pantalla de su ordenador. Un malicioso sentimiento de satisfacción se apoderó de él. Le encantaba trolear, incluso a sus propios compañeros.

—Eres lo peor, Gameknight —tecleó Dreadlord desde la cárcel, el punto de reaparición al que ibas cuando tu personaje moría en una partida de equipo en el modo JcJ.

—Sí, gracias, tío —añadió Salz.

—XD —contestó Gameknight. Acto seguido, volvió a adentrarse en el corazón de la batalla.

Minecraft era probablemente lo que más le gustaba en el mundo. Se pasaba horas jugando en el sótano, incrementando su inventario y su fama en varios servidores multijugador, generalmente a costa de otros. Gameknight tenía doce años y no era muy alto para su edad, pero en Minecraft eso daba igual; solo importaban la armadura, las armas y desplegar una estrategia despiadada que involucrara sacrificar a otros para alcanzar sus objetivos.

Al pensar en los dos tontos a los que había troleado, y en todos a los que les había hecho lo mismo antes, Gameknight999 sonrió. Volvió a concentrarse en la partida y devolvió a su personaje al combate en busca de nuevas víctimas. Le daba igual en qué equipo estuvieran. Siempre tenía algún truco para engañar a los demás jugadores, y nadie lo hacía tan bien como él. Todavía tenía un as en la manga para todos los usuarios de aquel servidor, algo que haría que todos recordasen el nombre de «Gameknight999».

Mientras subía una colina, vio a un grupo de jugadores a lo lejos luchando entre ellos. Sus nombres de usuario brillaban en letras blancas sobre sus cabezas cuadradas. Combatían junto a lo que parecía un río de lava con un intrincado puente de piedra que pasaba sobre el canal fundido: una obra de arte que a buen seguro había llevado muchas horas construir. Al otro lado del puente se alzaba una torre redonda y alta construida con bloques de roca y piedra gris cubiertos de musgo; la magnífica estructura circular se erigía en el aire. En lo alto de la torre brillaba una luz blanca, una baliza en forma de diamante que irradiaba un haz de luz hacia el cielo azul: el objetivo final del juego. Sobre la torre había un bloque de lana blanco, la línea de meta. El equipo que trepara hasta lo alto de la torre y consiguiera el bloque encrespado ganaría la partida. Desde donde estaba, Gameknight podía ver a los jugadores luchando en el extremo del puente para tratar de tomar la delantera, pasar por encima de la lava y llegar hasta la torre. Los equipos estaban bastante igualados y ningún jugador podía abandonar la batalla para cruzar el puente sin que lo alcanzaran las flechas de los arqueros; pero eso cambiaría pronto.

Gameknight fue hasta una arboleda cerca del campo de batalla, guardó la espada y sacó el arco, que refulgía con un azul iridiscente. Los encantamientos Empuje II, Poder IV e Infinidad lo convertían en la envidia de muchos jugadores. Tras escudriñar la zona para asegurarse de que no hubiera monstruos en las inmediaciones, construyó una serie de bloques. Se subía a cada uno para construir el siguiente, así hasta alcanzar las frondosas copas de los árboles más cercanos. Desde allí podría disparar el arco, y también agacharse y esconderse tras las copas angulosas de los árboles.

Colocó la flecha, tensó el arco y apuntó al equipo contrario, a un usuario llamado ChimneySlip. La flecha salió disparada y surcó el aire dibujando una hermosa curva para alcanzarle de lleno en la espalda. El personaje parpadeó con destellos rojos por efecto del golpe. Disparó tres flechas más, una tras otra, y una lluvia letal cayó sobre ChimneySlip, aniquilando su armadura y dejando al descubierto su piel oscura. Con una última flecha, Gameknight mató a su presa con una risa ahogada y, a continuación, siguió disparando indiscriminadamente a todo el grupo de jugadores, sin importarle dónde acabaran las flechas. Su arco disparaba sin cesar, silbando con cada tiro. Gameknight siguió lanzando flechas a los jugadores, abatiéndolos uno tras otro.

—¿Quién está disparando esas flechas? —preguntó un jugador llamado Kooter.

Gameknight soltó una carcajada y siguió disparando. Se agachaba después de cada salva de flechas para que no lo vieran, y después se volvía a asomar y disparaba otra ráfaga mortal. Las letras de su nombre desaparecían cada vez que se ponía en cuclillas.

—Mira bien adónde apuntas —escribió King_Creeperkiller en el chat—. ¡Se supone que esto es un juego de equipo!

—Sí —dijo Duncan—. No sé quién eres, pero compórtate como un buen compañero y no como un imbécil.

«Bah», pensó Gameknight para sí.

Sus flechas habían mermado la congregación, y ya solo quedaban unos pocos jugadores de cada equipo, aunque no paraban de llegar protestas desde la cárcel y los jugadores maldecían su nombre. Sacó el pico y rompió los bloques sobre los que estaba subido. En pocos segundos, estuvo otra vez en el suelo y echó a correr espada en mano. Aprovechando las irregularidades del terreno para esconderse mientras avanzaba, Gameknight acortó la distancia que le separaba de los demás jugadores. A medida que se acercaba, vio que solo quedaban tres en cada equipo. En realidad, del suyo quedaban cuatro, pero Gameknight no se consideraba del lado de nadie… solo del suyo propio.

Los seis jugadores estaban luchando cuerpo a cuerpo con espadas y armaduras de hierro, ya que en aquel servidor era difícil conseguir diamantes… a menos que hi-

cieses trampas, como Gameknight. Con una modificación de rayos X, había conseguido diamantes con rela-
tiva rapidez y había construido una armadura y una espada. Había llegado el momento de sacarse ese as de la
manga. Gameknight abrió su inventario, se quitó el
peto, las mallas, las botas y el casco de hierro y los sus-
tituyó por el juego completo de diamante. La armadura
azul hacía que pareciese recubierto de hielo, y su espada
brillaba en la oscuridad.

Un siseo y un chasquido le hicieron girarse a toda
velocidad. Una araña se había acercado sigilosamente y
estaba atacándole, golpeando su armadura de diamante.
Recibió un golpe, pero apenas lo notó gracias a su protección casi impenetrable.

—¿Quieres jugar? —dijo Gameknight hablando
solo, ya que no había nadie más en el sótano—. Venga,
vamos a bailar.

Gameknight blandió su poderosa espada y mató a
la araña en solo dos golpes. Al girarse para volver
donde estaban los demás combatientes, oyó gruñidos
quejumbrosos: zombis. Al darse la vuelta, Gameknight
vio a media docena de zombis que salían del bosque
rodeados por un montón de arañas, acercándose a su
posición. Ya casi era de noche, pronto sería la hora de
los monstruos.

—¿Vosotros también queréis bailar?

Esperó pacientemente a que estuvieran más cerca y
echó a correr hacia el campo de batalla. Los zombis lo
siguieron obedientes. Su sed de destrucción les obligaba a perseguirlo.

Los demás jugadores se sorprendieron al ver salir de
las sombras a un jugador con armadura de diamante y,
por un momento, dejaron de pelear. El capitán del
equipo, InTheLittleBush, fijó la vista en el nombre que
flotaba sobre la cabeza tocada con el casco de diamante.

—Gameknight, ven a ayudarnos —tecleó InTheLittleBush—. Podemos ganar.

—¿De dónde has sacado todo ese diamante? —protestó el capitán del equipo contrario, Wormican—. Eso es trampa. Administrador, Gameknight ha hecho trampas. ¡Banéalo!

—Dejad de lloriquear —tecleó Gameknight a toda velocidad—. Os he traído un regalo.

Cuando emergió de entre las sombras, todos los zombis y las arañas —y ahora también esqueletos— salieron de la oscuridad y se abalanzaron sobre los jugadores. El sol ya se había ocultado en el horizonte, así que ninguno de los monstruos prendió en llamas.

—XD —tecleó Gameknight—. :) —añadió.

Pasando a toda velocidad entre los jugadores confundidos, se dirigió al puente de piedra que cruzaba el río de lava.

—Corre, Gameknight, coge la lana —escribió Phaser_98—. Vamos a ganar.

«Eso es lo que tú crees», pensó Gameknight.

Corrió por el campo de batalla colándose entre jugadores y enemigos. Los demás jugadores estaban tan entretenidos luchando contra los monstruos y entre ellos que nadie intentó detenerlo.

—Cogedlo —tecleó Zepplin4 cuando el jugador vestido de diamante pasó junto a él.

Tras propinarle un espadazo a un miembro del equipo contrario a su paso, Gameknight llegó hasta el puente. Se detuvo un momento a admirar la increíble construcción. Pensó en la cantidad de tiempo que debían de haber tardado en construir algo tan hermoso. Se rio para sí mientras ponía una ristra de explosivos en el paso elevado. Una vez estuvo satisfecho con cómo los había colocado, plantó una antorcha de piedra roja junto al último bloque. Se alejó rápidamente y observó cómo la antorcha roja alcanzaba los explosivos. Comenzó el proceso de detonación: primero explotó un bloque y luego otro, y otro, y la reacción en cadena engulló el puente, que pasó de obra de arte a una pila de escombros después de que los trozos de roca salieran volando en todas direcciones. El paso sobre el río de lava había quedado totalmente destruido. Gameknight miró al otro lado del canal fundido y se arrancó con un bailecillo absurdo en señal de burla hacia los demás jugadores.

—Deprisa, coge la lana, que ganamos —tecleó Phaser_98.

—¡No es justo, ha hecho trampa! —escribió Wormican.

—Sí, expulsadlo —añadió Zepplin4.

—Tú coge el bloque, tenemos que ganar —dijo King_Creepkiller.

Gameknight subió a todo correr por la torre circular y llegó arriba en cuestión de segundos. Se acercó al borde y miró a los perdedores de abajo.

—¡Deprisa! Coge el bloque y ganaremos —escribió uno de ellos.

—¿Este bloque? —contestó Gameknight.

Se colocó junto al bloque de lana blanca y lo miró sin hacer nada.

—¿Queréis que coja este bloque de aquí? —se burló Gameknight—. ¿Esta lana blanca que tengo justo delante?

—¡Sí, cógelo de una vez! —replicó Phaser_98, frustrado.

—Me temo que no —tecleó Gameknight mientras ponía explosivos alrededor de la lana. Los unió con polvo de piedra roja y plantó una antorcha al final de la ristra.

Cuando los explosivos empezaron a parpadear, se

desconectó del servidor y desapareció de las pantallas, dejando a los demás jugadores con cara de imbéciles. Esperaba que estuvieran todos gritando frustrados a sus pantallas. Ahora nadie ganaría. Había troleado la partida y había ganado, al menos a su manera.

CAPÍTULO 2

EL SERVIDOR

Reclinado en su cómoda silla de oficina, Gameknight999 se reía mirando a la pantalla.

—¡Panda de idiotas! —dijo hablando solo, con una sonrisa.

El eco de la habitación le devolvió una risa fría y hueca. Estaba jugando solo, como siempre. Se oían ruidos de arriba. Su hermana pequeña estaba viendo alguna estúpida serie para niños; podía oír a los personajes de dibujos cantando alguna canción tonta e infantil. Gameknight sacudió la cabeza. Su hermana era una petarda.

—¡Silencio ahí arriba! —gritó. El volumen de los dibujos animados se elevó como única respuesta.

Gameknight soltó un improperio entre dientes y volvió a concentrar su atención en el juego de ordenador. Junto a la pantalla estaba la felicitación de cumpleaños que le había hecho su hermana la semana anterior. Era un dibujo de los dos agarrados de la mano en un paisaje rosa salpicado de flores gigantes moradas y azules. Se había pasado horas haciéndolo, trabajando en secreto en su habitación. Se lo había dado con una enorme sonrisa que había iluminado la habitación entera. Él también le sonrió. No era mala hermana, solo un poco pesada a veces.

El volumen de la tele en la planta de arriba disminuyó un poco, posiblemente porque había cerrado la puerta.

—¡Gracias! —gritó sin levantar la vista del ordenador ni de Minecraft.

Le encantaba el juego. Le encantaba fastidiar a la gente, «trolearlos», como se decía en Minecraft. Aprovechaba su experiencia en el modo multijugador, los mataba y les robaba sus cosas. Aquel había sido un buen troleo, y la partida por equipos en el modo JcJ más importante de Minecraft había acabado en empate. No había ganado nadie, excepto él.

Entre risas, volvió a conectarse y abrió la lista de servidores. Había oído hablar de un servidor nuevo, uno muy grande. Sacó el papel donde había anotado la dirección IP y entró en el servidor. Era una partida de supervivencia, su modo preferido. Con todos los trucos y las modificaciones que tenía, dominaría el servidor en un periquete. Probablemente la seguridad no sería muy buena y podría acceder enseguida al modo creativo.

La partida comenzó. La pantalla inicial era... diferente. No entendía lo que aparecía escrito en la pantalla, tanto las letras como las palabras eran completamente ininteligibles.

—Esto es diferente —musitó Gameknight mientras trataba de descifrar la imagen.

Empezaron a surgir formas de las inscripciones, la pantalla se fundió a negro y su personaje apareció de repente en el juego. La zona parecía interesante... Muy interesante, de hecho. Estaba rodeado de precipicios enormes y había una catarata interminable que caía desde las alturas. Junto a ella había estructuras colgantes de por lo menos cuarenta bloques de altura. El agua caía desde lo más alto y bajaba hasta una caverna profunda al pie del precipicio. Al fondo de la gruta brillaba una luz, lo que indicaba que debía de haber lava por allí abajo, y que seguramente se mezclaría con el agua para formar roca. Gameknight subió a una colina cercana y vio otra estructura rocosa interesante, con más superficies colgantes que se erigían en el aire. Detrás, a lo lejos, se divisaba una aldea apenas visible. La estructura se apoyaba sobre largas columnas bajo los salientes. Los picos rocosos parecían los colmillos gigantes de un leviatán cuadriculado. Sí, aquel servidor era realmente interesante.

Estaba poniéndose el sol, lo que podía suponer un problema en un servidor de supervivencia si uno no estaba preparado. Pero Gameknight siempre lo estaba. Presionó CTRL+Z para colocar su trampa preferida. En la pantalla apareció un inventario que le daba acceso a todo tipo de recursos. Por supuesto, escogió una armadura y una espada de diamante, y también un arco, flechas y un yunque. Colocó el yunque en el suelo y encantó su arco con Empuje II, Poder III e Infinidad. No era tan bueno como su antiguo arco, pero el Empuje II actuaba como el Retroceso de la espada, e Infinidad le daba flechas infinitas. Guardó unas manzanas doradas para comer más tarde, cerró el inventario y se fue de caza.

Vio unos cerdos en la hierba, disparó unas cuantas flechas para calibrar el alcance y los acribilló desde lo alto de la colina. Dirigió seis disparos rápidos a los insufribles animales rosas. Dio a cuatro y los mató, y uno se libró de milagro. Decidió ser bueno y perdonarle la vida a aquel cerdo, pero luego se arrepintió y disparó una séptima flecha. El proyectil con punta de hierro transformó de golpe al animal en un montón de beicon.

Gameknight descendió la verde colina para recoger su premio: carne de cerdo. Mientras guardaba el último montón, vio a dos jugadores que se dirigían hacia él bajo las copas de una pequeña arboleda, en su mayor parte robles y abedules. Era obvio que eran novatos, porque solo tenían armaduras de cuero y espadas de piedra, y caminaban demasiado cerca de las sombras. Gameknight echó un vistazo rápido a la zona en busca de enemigos y se escondió detrás de unos abedules. Las ramas bajas lo ocultaban con sus frondosos brazos mientras esperaba a que se acercaran los jugadores.

Un zombi saltó de las sombras y los sorprendió, con los brazos estirados hacia ellos. Los dos jugadores atacaron a la criatura con sus patéticas espadas de piedra. Golpearon a la bestia verde, cuyos gruñidos llenaban el aire, atacándola a diestro y siniestro en lugar de uno solo mientras el otro defendía... Idiotas... El zombi arañaba y golpeaba sus armaduras de cuero, y no paraba de dañar partes de ellas en la lucha. En lugar de intentar darle en la cabeza, los dos novatos seguían golpeando los brazos extendidos, infligiéndole daños pero no demasiados y dejando que la criatura les devolviese los golpes. Al final mataron a la bestia, pero a cambio recibieron bastante ellos también.

«Qué cutre, un solo zombi ha conseguido agredirles en serio —pensó Gameknight—. Estos dos no son dignos de jugar a Minecraft.»

Sacó su reluciente arco encantado y lanzó una flecha al jugador que tenía más cerca, y enseguida disparó otra a su compañero. Una vez que tuvo calculada la distancia, siguió tirando flechas a ambos jugadores, hasta que los mató sin mayor dificultad. Sus armaduras ofrecieron poca resistencia después de la batalla con el zombi... Qué patéticos. Sus pertenencias cayeron al suelo: herramientas, arcos y flechas, y, por supuesto, las dos enclenques espadas de piedra. Los objetos se quedaron flotando sobre el suelo. Normalmente recogía el botín, pero aquellos dos no tenían ningún valor, así que ignoró la recompensa y prosiguió su camino. Dio media vuelta y puso rumbo a la aldea que había visto a lo lejos. Paró para beberse una poción de velocidad y recorrer así la distancia lo más rápido posible; quería llegar antes de que anocheciera. Corrió por el terreno de bloques hasta que vio aparecer las luces de la aldea. La oscuridad le impedía ver bien a su alrededor.

«Oh, no. Un hoyo.»

Deteniéndose en seco, Gameknight evitó por los pelos caer en una caverna donde habría podido accidentarse. Aminoró el ritmo y anduvo con cuidado, evitando la cantidad de hoyos y grietas que se abrían en aquel mundo.

«Qué mapa tan interesante.»

Nunca había visto nada igual. El pueblo apareció tras coronar la siguiente colina. Era una aldea típica, con parcelas en el centro alrededor del pozo, pequeñas estructuras alrededor de los cultivos y edificios más grandes en la periferia. Dispersos entre las casas de madera había algunos edificios de piedra que parecían castillos, con una torre alta de dos pisos que se erigía sobre el resto de construcciones. Y, por supuesto, los aldeanos, unos veinte. La mayoría se escondían en sus casas porque ya había anochecido, y la noche era la hora de los monstruos. Había criaturas de estas por toda la aldea: arañas, esqueletos, zombis y algún enderman.

Los zombis deambulaban delante de las casas con sus putrefactos brazos verdes extendidos ante ellos. Los andrajos que vestían apenas se mantenían fijos sobre sus cuerpos en descomposición. Golpeaban las puertas de madera con la esperanza de derribarlas y poder entrar a devorar a los que se escondían dentro o atrapar a algún paseante despistado. Las arañas también merodeaban por la aldea balanceando sus cuerpos bulbosos sobre las ocho patas peludas mientras correteaban por el suelo mirando en todas direcciones a la vez con sus múltiples ojos rojos. Los esqueletos se mantenían a cierta distancia, armados con sus arcos. La luna hacía brillar su complexión ósea.

Pero los peores eran los enderman. Aquellas criaturas altas, oscuras y desgarbadas eran la sustancia misma de las pesadillas. Tenían la habilidad de teletransportarse de un sitio a otro, lo que los convertía en un enemigo terrible y muy difícil de matar. Con sus largos brazos, propinaban unos golpes que podían dañar la armadura más resistente. Lo más terrorífico eran sus ojos, siempre abiertos y relucientes de odio, y su risa maquiavélica, que aterrorizaba a cualquiera que se encontrase lo bastante cerca como para oírla. Había varios de aquellos monstruos negros a las afueras de la aldea, cercando el perímetro y eliminando toda escapatoria posible.

Gameknight corrió hasta uno de los edificios y rompió un bloque a la altura de su cabeza, facilitando la entrada a un esqueleto. El monstruo óseo aprovechó la abertura, se introdujo a toda prisa en el edificio y mató a la aldeana que lo habitaba. Gameknight sonrió. Se acercó a otro edificio, pasó junto a un grupo de zombis y rompió la puerta con su pico de diamante. Los zombis aprovecharon la oportunidad, cargaron contra la casa y atacaron a sus ocupantes. Extendieron sus garras hacia los aldeanos, golpeando una y otra vez a los indefensos PNJ hasta que las víctimas se transformaron en demonios: aldeanos zombis. Sus narices adquirieron un tono marrón verdoso y sus brazos al fin se desbloquearon y se extendieron ante ellos. Nuevas voces quejumbrosas se añadieron al clamor de la batalla. Gameknight se rio.

Era divertido entregar a los personajes a los monstruos mientras corría a toda velocidad para que no lo atrapasen. Pero, lamentablemente, la diversión tocaba a su fin. Gameknight vio cómo el sol empezaba a asomar su rostro cuadrado por el horizonte, al este. Iluminó el terreno hasta que los zombis y los esqueletos se consumieron entre llamas y los enderman y los creepers se escabulleron entre las colinas.

Era el momento de explorar la aldea y robar todo lo que encontrase de valor. Buscó cofres y tesoros de un edificio a otro, empujando a su paso a los estúpidos aldeanos que parecían estar por todas partes, con los brazos permanentemente cruzados sobre el pecho. Encontró algo de hierro en la herrería y una hogaza de pan, pero poco más.

«Esta aldea es un asco», pensó.

Se acercó a la estructura con forma de castillo que ocupaba el centro de la aldea y encontró un cofre vacío. Dejó allí el arco por si lo necesitaba más tarde, salió de la casa y volvió al punto de reaparición, junto a la catarata y el precipicio.

De repente le entró sed en la vida real, alargó el brazo sobre el escritorio del sótano y agarró la lata de refresco de la que había estado bebiendo durante la última partida. Se la llevó a los labios y apuró el último sorbo de la bebida azucarada, levantando la lata todo lo que pudo para vaciarla. Miró a su alrededor y examinó el resto del sótano. Allí estaban todos los inventos de su padre, casi todos auténticos fracasos: un abridor automático de botes de kétchup que casi siempre conseguía que se rompiera la parte de arriba del bote, una impresora en 3D que funcionaba con regaliz derretido en lugar de tinta, un soporte para iPod para ponerte en las gafas y ver vídeos mientras caminabas... Fracaso tras fracaso. Casi todos aquellos objetos eran ridículos y hacían algo distinto de lo que se suponía que tenían que hacer. Sin embargo, su última creación era bastante prometedora: el rayo digitalizador 3D, un artilugio que tomaba una imagen en tres dimensiones de un objeto real y lo transfería a cualquier tipo de software informático. Estaba jugando en el ordenador de su padre, que estaba conectado al digitalizador, aunque sabía que no tenía permiso para usarlo. Tenía una tarjeta de vídeo buenísima, un montón de memoria RAM y varias CPU, por eso Minecraft iba mucho más deprisa y molaba más, pero tenía que dejar de usarlo antes de que lo pillaran.

Gameknight limpió la mesa y tiró la lata vacía a la papelera, pero falló. No importaba, ya la recogería alguien. La lata rozó el borde de la papelera con un ruido metálico, rebotó en la pared y golpeó un destornillador que colgaba de la mesa de trabajo de su padre. El destornillador se precipitó desde el borde de la mesa hasta el suelo, justo sobre los mandos del digitalizador de su padre. Un fogonazo amarillo iluminó el embrollo de cables y componentes eléctricos, y el aire se llenó de un olor a aislante quemado. Saltaron más chispas y la luz del sótano se atenuó. El digitalizador se había puesto en marcha. Era como si todo hubiese ocurrido a cámara lenta: la lata cruzando el cuarto, el destornillador cayendo sobre los mandos. La secuencia se repitió ante él como un vídeo malo de YouTube.

«Espero no haber roto nada», pensó Gameknight. Pero, justo cuando estaba a punto de levantarse para ir a inspeccionar los circuitos, un zumbido leve inundó la habitación. Con un ruido como un panal de abejas furibundas en formación, el digitalizador con aspecto de pistola láser empezó a iluminarse con una luz amarilla. Antes de que Gameknight999 pudiese levantarse a apagarlo, del digitalizador brotó un deslumbrante rayo de luz blanca que le dio de lleno en el pecho. Sintió un cosquilleo por todo el cuerpo y un calor abrasador y un frío insoportable al mismo tiempo. La habitación empezó a dar vueltas a su alrededor como si se hubiese producido un tornado, y Gameknight permaneció inmóvil en el centro. Una luz blanca y brillante lo envolvió mientras la habitación seguía girando; el resplandor lo deslumbraba y le hormigueaba en la piel. Al principio, sentía como si la luz cegadora llenase cada rincón de su mente con furia abrasadora, pero después empezó a tirar de él, arrastrándolo hacia la fuente de donde brotaba, como un desagüe que absorbiera el agua hacia las tuberías en tinieblas. Gameknight sintió como si lo sacaran de su cuerpo y se lo llevaran a otro lugar a través de la luz, como si extrajeran a su ser del mundo físico.

Luego todo se quedó oscuro y Gameknight999 se sumió poco a poco en un estado de inconsciencia, pero mientras el mundo consciente lo abandonaba, juraría que oyó animales: gallinas, vacas y cerdos... Ay.

CAPÍTULO 3

MINECRAFT

Gameknight despertó lentamente. Notaba la mente nublada, como si la realidad se hubiese fusionado con el sueño que se alejaba. Abrió un ojo primero y luego el otro, y lo saludaron un sol brillante y un cielo azul y límpido atravesado por extrañas nubes.

«¿Cómo es posible?»

Estaba en el sótano, o al menos eso creía.

A lo mejor sus padres lo habían encontrado y lo habían llevado al hospital. ¿Estaba viendo el cielo a través de la ventana de la habitación del hospital? Cerró los ojos, se llevó las manos a la cara y se rascó la coronilla. Los restos de dolor de cabeza le rondaban aún. Notó las manos raras al contacto con el rostro, angulosas y ásperas.

«¿Qué me pasa?»

Abrió los ojos lentamente de nuevo y miró a su alrededor. El suelo era verde y estaba cubierto de hierba mecida por la brisa. Olía a vida, a tierra fresca y a plantas, a flores y hierba, que crecía silvestre, como los extraños árboles cuadrados que divisó a lo lejos.

Una vaca se le acercó por detrás y mugió.

Poniéndose de pie rápidamente, Gameknight se dio la vuelta y se encontró frente a frente con el animal. Su cabeza cuadrada le llegaba a la altura del pecho; lo acarició con el hocico, mugiendo otra vez. Apartó a la vaca y volvió a mirar alrededor. Había un bosque cerca, con unos árboles cuadrados que conocía a la perfección. Detrás de él se elevaba una catarata que caía desde un saliente muy alto y extrañamente familiar. Al pie había un hoyo muy profundo y el agua caía dentro. Muy cerca se erigía una colina verde y alta con varios bloques de piedra esparcidos por la falda.

«No puede ser...», pensó.

Gameknight subió corriendo a lo alto de la colina para tener una vista mejor. Vio un bosque a lo lejos, al este. El follaje cuadrado era claro al principio, se veía la hierba verde a través de las copas de los árboles; pero luego el bosque se hacía más denso, hasta que las ramas y los bloques frondosos casi se tocaban, apiñándose como si protegieran a un depredador gigante.

«Es imposible.»

Hacia el sur se extendía un paisaje nevado que cubría las llanuras por detrás de la cascada y del saliente. La nieve blanca refulgía y contrastaba con el verde exuberante de las llanuras; parecía el merengue de la tarta de cumpleaños que le habían hecho hacía poco.

«¿O no?», pensó, con el pánico royéndole las meninges.

Al norte, Gameknight divisó otra montaña alta y extraña, con un saliente horizontal que nacía en la cima y se sostenía en el aire sobre largas columnas de piedra. Parecían colmillos monstruosos. La montaña le hizo pensar en las fauces abiertas de una bestia prehistórica y gigante. Pero lo más interesante era lo que había detrás de aquella aterradora montaña: una aldea, con sus tejados inclinados apenas visibles a lo lejos.

«¿Pero cómo es posible?»

Al volver la vista hacia el oeste, Gameknight vio cómo el sol cuadrado y amarillo descendía inevitablemente hacia el horizonte. El movimiento era casi imperceptible, pero estaba claro que se movía. Miró hacia arriba y vio las nubes que flotaban lentamente por el cielo. Todos los cúmulos cuadrados se movían a la misma velocidad y en la misma dirección, de este a oeste.

«¿Esto es de verdad?»

Estaba dentro de Minecraft. Pero ¿cómo era posible? Recordaba haber jugado la partida JcJ por equipos. Después había entrado en el servidor ese del que tanto había oído hablar. Había aparecido junto a una catarata... Se giró y miró la extraña cascada que caía del precipicio rocoso. «No puede ser...» Luego había disparado a aquellos novatos y había arrasado la aldea. Se dio la vuelta y miró hacia la aldea, en el mismo sitio que en el servidor. «¿Cómo ha podido pasar esto?» Entonces le asaltó un recuerdo vívido: el zumbido eléctrico de un aparato y luego una explosión de luz cegadora: el digitalizador de su padre. Había oído antes aquel zumbido, cuando su padre hacía sus experimentos, y se acordó de las gafas oscuras que se ponía siempre para protegerse los ojos... El digitalizador. De algún modo había activado el artilugio, y este lo había metido en el software que estaba funcionando en ese momento en el ordenador: Minecraft. ¡Estaba dentro de Minecraft!

«¿Es un sueño? ¿O es de verdad?» Se tocó la cara con las manos cuadradas; la notó sólida. Pisó el suelo con los pies rechonchos; aquello también era real. Bajó la colina y se paró al pie del precipicio. El agua que caía llenaba el aire de vapor de agua y lo cubría todo con una pátina de humedad.

«Me estoy mojando... ¡Noto la piel mojada! Es increíble. Es todo de verdad»

Justo entonces, Gameknight percibió un ruido familiar, como unas castañuelas mezcladas con el ruido de la madera rompiéndose cuando se le aplica un gran peso.

Se dio la vuelta y se topó de frente con una araña gigante que se dirigía hacia él. Las patas peludas y negras se movían a saltitos sobre el montículo cubierto de hierba y los ojos rojos lo miraban voraces. El miedo lo asaltó como una descarga eléctrica, pero enseguida dejó paso a la curiosidad. Nunca había visto una araña con tanto detalle: cada uno de los pelos negros de su cuerpo se movía de forma independiente, los ojos incandescentes miraban en todas direcciones a la vez y el abdomen cuadriculado se bamboleaba a cada paso. Estaba claro que su monitor de 1080p no tenía la calidad suficiente para reproducir la realidad. En el extremo de cada pata tenía una garra diminuta y afilada. La punta era curva y cortante; parecía un arma bárbara de las de World of Warcraft. Gameknight se inclinó hacia delante e intentó mirar de cerca los ojos de la araña, que brillaban como si tuvieran una luz por dentro.

Plas, pam. BAM, BAM.

Una de las patas peludas salió disparada y golpeó a Gameknight. La garra le arañó el pecho y le rasgó la camisa, alcanzando la piel de debajo con su punta afilada. El dolor se extendió por su cuerpo.

Pam… Clic, clic, clic.

La araña le golpeó de nuevo, esta vez en la pierna, y lo lanzó hacia atrás… Sintió más dolor.

Gameknight sintió cómo disminuía su nivel de salud.

Aquello era real, no solo un juego. Tenía que salir de allí.

Dando un salto hacia delante, la araña intentó atrapar a su presa, dando zarpazos a diestro y siniestro con todas las patas. Gameknight sintió cómo una pasaba junto a su cabeza, y la corriente de aire originada por el zarpazo le rozó la cara. El miedo y el pánico le recorrieron todo el cuerpo. Giró sobre sí mismo hacia un lado y evitó por los pelos que el monstruo cuadrado lo aplastase. No podía quedarse allí; tenía que hacer algo o era hombre muerto. Se levantó, dio media vuelta y echó a correr. La araña dio otro zarpazo pero falló por poco. La garra solo le rasgó la espalda de la camisa, pero no llegó a la piel. Sabía por experiencia que las arañas eran rápidas, pero él podía serlo mucho más cuando esprintaba. Así que esprintó, con el peludo monstruo negro de ocho ojos pisándole los talones. A su espalda sonaban terroríficos chasquidos provenientes de la araña que lo perseguía. No tenía armas ni nada con lo que defenderse, solo su experiencia y su ingenio.

«¿Qué voy a hacer?»

La araña empezó a acortar la distancia. Gameknight había dejado de esprintar y ya solo corría. Volvió a aumentar la velocidad, subió a una colina cercana, saltando con la eficacia que le confería la práctica para no perder el ritmo ni atascarse en ningún bloque o encontrarse con un salto vertical de dos bloques, que era algo que no se podía hacer en Minecraft. Cuando llegó a lo alto de la colina, Gameknight observó cómo la araña lo miraba desde abajo, con los ocho ojos refulgentes de hambre y rabia. ¿Por qué estaba tan empeñada en matarlo? Era como si Gameknight tuviese algo que la araña necesitaba desesperadamente.

El insecto empezó a ascender la colina saltando de bloque en bloque, con los ojos incandescentes fijos en su presa. No podía quedarse allí, tenía que moverse. Gameknight bajó por la ladera contraria y dio un par de saltos de dos bloques, ya que sabía que no sufriría daño. Entonces vio la catarata allí al lado y tuvo una idea. Enfrentarse al animal cuerpo a cuerpo era un suicidio, eso lo sabía de sobra. Necesitaba un arma, pero lo único que tenía era la catarata. Las arañas eran resistentes, fuertes y rápidas, pero no eran demasiado inteligentes. Esprintó colina abajo y amplió la distancia que los separaba. El ritmo de sus saltos era impecable; tanto parkour[1] por fin estaba dando sus frutos. Gameknight corrió alrededor del espacio donde caía la catarata y esperó un instante para asegurarse de que la araña aún lo veía. Entonces rodeó la columna de agua, se detuvo y esperó. El dolor y el miedo le daban unas ganas tremendas de correr, pero su experiencia en Minecraft le obligó a mantener los pies inmóviles. Era su única oportunidad de sobrevivir.

—¡Ven a por mí, monstruo peludo! —gritó Gameknight.

La araña le hizo caso y cargó directamente contra él. Movía las patas peludas con frenesí. Los chasquidos aumentaban de volumen a medida que el monstruo se acercaba, los ojos le brillaban como si tuvieran rayos láser. Se arrastró por los últimos bloques con la esperanza de abalanzarse sobre Gameknight, pero se llevó una gran sorpresa cuando cayó dentro de la catarata. Enseguida la engulleron las aguas turbulentas. Mientras luchaba para mantenerse a flote, Gameknight la atacó con los puños y observó cómo parpadeaba en rojo de forma intermitente con cada golpe. Si la golpeaba las veces suficientes, la mataría, pero tenía que darse prisa antes de que encontrase un agarre en el saliente rocoso y consiguiese salir del agua. Afortunadamente, la araña perdió la batalla y la fuerte corriente la arrastró a la enorme caverna del fondo. El agua la condujo hasta la gruta subterránea y quedó atrapada en el estanque. La fuerza de la catarata la mantenía sumergida. La bestia

---

1. «Arte del desplazamiento», disciplina de origen francés consistente en la habilidad de desplazarse por cualquier entorno utilizando únicamente el propio cuerpo. Se trata de una técnica muy utilizada en Minecraft (N. de la T.)

luchaba por salir a tomar aire, pero su cuerpo parpadeó en rojo una y otra vez hasta que perdió todos sus PS. La criatura desapareció sin hacer ruido y dejó tras de sí un trocito de tela de araña enroscada y tres esferas relucientes de PE (Puntos de Experiencia).

Temblando de miedo, Gameknight miró los orbes de experiencia. Necesitaba esas esferas brillantes: sabía que los PE de los enemigos incrementarían su fuerza y le permitirían encantar las armas a un nivel superior, pero era demasiado peligroso bajar a la caverna. «Ahora no», pensó. Quizá más adelante, cuando estuviese preparado.

Aún temblando, miró alrededor. «¿Habrá más monstruos por aquí? ¿Van a atacarme otra vez?»

Exploró la zona rápidamente y comprobó que estaba solo, al menos por el momento. Se miró los brazos para asegurarse de que no tenía heridas. Estaba bien y sus PS iban aumentando poco a poco. Todo era de verdad... Para él, al menos, el miedo había sido real, y el dolor también. Tenía que pensar y no cometer errores de novato. A ver, ¿qué necesitaba? «Comida, armas y un refugio. Esto último antes que nada.» Gameknight estudió el terreno con ojos expertos en busca de un lugar donde construir un escondite, y lo encontró enseguida. Al pie de un precipicio cercano, localizó una abertura estrecha. Subió corriendo los bloques de tierra y piedra hasta que encontró una grieta que desembocaba en una pequeña gruta de tan solo tres bloques de fondo y dos de alto. Podía camuflarla con facilidad y esconderse allí. Aquel sería su nuevo hogar.

Ahora necesitaba madera. Volvió al valle al pie del acantilado, esprintó hasta los árboles más cercanos y empezó a golpearlos con los puños, rompiendo un bloque tras otro. Consiguió destrozar un árbol y siguió con el de al lado; sacó cuatro bloques de cada uno. Sería suficiente por el momento. Gameknight miró hacia el oeste y observó cómo el sol cuadrado rozaba ya el horizonte. El cielo viró del azul a un rojo cálido. Estaba anocheciendo, y todo el mundo sabía que no se podía estar al descubierto cuando caía la noche; quedarse al raso de noche significaba la muerte.

Volvió corriendo a su refugio y extrajo dos bloques de tierra para encerrarse con ellos durante la noche. Pero, mientras esperaba a que oscureciese, sacó de su inventario los bloques que había obtenido de los árboles y los convirtió en tablas de madera. Gameknight no estaba muy seguro de cómo lo hacía; simplemente imaginaba la pantalla del ordenador y hacía lo que había hecho un millón de veces antes. Sacó las tablas del inventario y construyó una mesa de trabajo con cuatro piezas: listo. Colocó la mesa en un rincón y se puso a construir palos, una espada, una pala y dos picos, todo de madera. Ahora ya estaba preparado.

Fuera de su refugio, el paisaje pasó de ser un claro verde y hermoso lleno de vegetación a un lugar sombrío y peligroso al terminar de ponerse el sol: ya era de noche. A lo lejos se oía a los zombis, cuyos lamentos impregnaban el aire de terror. Gameknight se acercó a la abertura y colocó los dos bloques de tierra, dejando fuera a los monstruos y sumiéndose en la oscuridad. Al menos ya tenía unas pocas armas y herramientas, aunque eran ridículas comparadas con las que estaba acostumbrado a usar. Empuñó la espada y la blandió en la oscuridad. Sintió cómo el filo hendía el aire, y golpeó la pared más cercana sin querer. Daba gusto tener un arma en las manos. Era lo natural. Pero aún sentía miedo al oír los ruidos de las arañas, los zombis y los esqueletos que se colaban en el refugio y resonaban en su cabeza. No podía olvidar que aquello era real, el dolor era real… ¿Sería real la muerte? Gameknight999 se colocó frente a la pared, sacó el pico y empezó a cavar.

CAPÍTULO 4

EL REFUGIO

A oscuras, Gameknight cavó y cavó, rompiendo bloques de tierra con la pala. La hoja de madera agujereaba los cubos de tierra fácilmente y la cámara se llenaba de polvo. Entre toses, siguió cavando. Sabía que tenía que encontrar recursos: piedra, carbón y hierro. Y tenía que hacerlo pronto o no sobreviviría mucho tiempo. Trabajó aún más deprisa con la pala y continuó excavando para hacer su hogar terráqueo cada vez más grande. La oscuridad lo envolvía como una capa, y el miedo a lo desconocido que podía habitar entre las sombras atravesaba su corazón como un témpano de hielo. En Minecraft nunca era buena idea hacer las cosas a oscuras. De repente, se vio obligado a aminorar el ritmo: había tocado piedra. Cambió la pala por el pico y siguió cavando, rompiendo un bloque de piedra tras otro. Gameknight hendió la roca y extrajo ocho bloques más hasta que el pico de madera ya no dio más de sí y se astilló por completo. Lo cambió por un segundo pico y siguió cavando. Rompió otros dos bloques de piedra y, tras mover un tercero, la luz inundó el refugio y el miedo lo inundó a él; la luz bajo tierra no era buena señal. Se detuvo y se alejó lentamente del hueco luminoso, retrocediendo para refugiarse en las sombras, que ya no eran tan oscuras, y desenvainó la espada. Debía de haber encontrado una caverna o una mina abandonada. «A lo mejor es una mazmorra... No, no puede ser, no tan cerca de la superficie.» Bueno, daba igual lo que fuera, tenía que investigar y estar alerta.

Acercándose poco a poco a la luz, Gameknight999 franqueó la abertura, listo para retroceder a ocultarse en la oscuridad de su refugio en un momento, lejos del alcance de cualquier monstruo. Podía ver una cueva pequeña, de no más de tres bloques de ancho por cuatro de fondo. El estrecho hueco estaba completamente iluminado. En la parte trasera de la cueva había un pequeño estanque de lava de dos bloques de ancho, donde fluía y burbujeaba la roca fundida, de un tono naranja cálido. Aquel era el origen de la luz; no eran las antorchas de una mina ni de una mazmorra, sino lava. Bella y peligrosa lava. Escudriñó todos los rincones y no vio ningún monstruo en la cueva. La cámara rocosa estaba en silencio. Volvió a sacar el pico y excavó alrededor de la entrada para abrir el paso por completo.

Ahora su refugio estaba completamente iluminado y podía ver el interior. No había nada de valor: ni carbón ni hierro. Tendría que excavar un túnel mucho más profundo. Pero necesitaba una cosa: piedra, muchísima piedra. Gameknight volvió a su mesa de trabajo y construyó herramientas, una espada, una pala y tres picos de piedra; iba a necesitar todo aquello para encontrar hierro. Con las herramientas de piedra en su inventario, se colocó frente al torrente de lava. Tenía curiosidad por saber qué hacía allí aquella lava, pero agradecía la luz. Giró a la derecha y empezó a excavar hacia abajo, construyendo escalones que lo llevasen hasta el centro de aquel mundo de Minecraft en busca de hierro. Necesitaría mejores armas y una armadura más resistente si quería sobrevivir durante el tiempo suficiente como para averiguar qué estaba ocurriendo.

—¿Cuánto tiempo voy a estar atrapado en este juego? —preguntó Gameknight al vacío. Tan solo pensaba en voz alta—. A lo mejor cuando amanezca me expulsan del servidor.

En realidad no creía que fuese a ocurrir nada de aquello, pero lo único que le quedaba era la esperanza. Mientras picaba, le entró hambre. No le sonaban las tripas, pero notaba el estómago cada vez más vacío y su nivel de hambre descendía. Necesitaba comer algo pronto o empezaría a perder PS. Recordó lo que había sentido cuando los había perdido por culpa de la araña y decidió que tenía que evitar aquella sensación a toda costa; pero lo primero era el hierro. Continuó picando; destrozaba la piedra a su paso con cierto aire de abandono temerario. El pico apenas se distinguía mientras ampliaba la escalera que se sumergía en las profundidades insondables. A medida que adquiría ritmo —cavaba, extraía bloques, cavaba, extraía bloques— le vino a la cabeza una canción. Era de un vídeo de Minecraft que no conseguía recordar... *I'm a dwarf and I'm digging a hole... diggy diggy hole, diggy diggy hole...*[2] Intentó sacársela de la cabeza, pero allí seguía, repitiéndose en bucle. Tarareó la melodía y siguió cavando, picando cada vez con más fuerza. Sin antorchas, el túnel pronto estuvo sumido en la oscuridad. Finalmente tuvo que parar, ya que corría el riesgo de caer en algún hoyo o en una gruta. Aminoró el ritmo y cavó con más cuidado, comprobando que los bloques que liberaba flotaban ante él y no caían en ningún agujero oscuro

---

2. Soy un enano y estoy cavando un hoyo... Cavo, cavo mi hoyo, cavo, cavo mi hoyo... *(N. de la T.)*.

mientras avanzaba. De repente, accedió a una nueva gruta. Su luz se filtraba hasta la escalera e iluminaba los rincones oscuros del túnel con un útil resplandor. Podía oírse el sonido del agua corriente. Gameknight desenvainó su nueva espada de piedra y entró con cautela en la caverna. Vio un torrente de agua que caía hasta un estanque en un extremo. La catarata fluía a través de un gran agujero irregular en el techo de la gruta. Se adentró en la cámara y examinó la zona en busca de enemigos... Ni rastro de zombis ni esqueletos, de momento. Vio que en una pared había carbón; los círculos oscuros destacaban sobre las aristas de los bloques grises. Había al menos nueve bloques del precioso recurso, al menos que él alcanzase a ver. Seguramente había más detrás. Se giró a la izquierda y un grupo de bloques de hierro llamó su atención. ¡Hierro! Lo necesitaba. Necesitaba mucho hierro. El hierro significaba una armadura y mejores armas. Pero primero recogería el carbón. Examinó la gruta una vez más en busca de amenazas y luego se ocupó del carbón. Su pico de piedra daba dentelladas hambrientas al oscuro mineral. Los pequeños montones negros se acumulaban a sus pies hasta que se guardaron directamente en el inventario. El hierro fue más complicado, por supuesto. La piedra parduzca no iba a dejarse arrebatar el preciado metal tan fácilmente. Era de esperar. Inspeccionó la gruta a su alrededor y vio tres pequeñas esferas de luz que flotaban sobre el suelo cerca del estanque, al pie de la cascada, junto a un trozo de tela de araña enrollado. Se acercó al agua y se colocó junto a los brillantes orbes de PE. Cuando estuvo lo suficientemente cerca, las esferas se dirigieron hacia él por sí solas, como si tuviesen patas invisibles, y luego desaparecieron. Se sintió algo más fuerte, pero todavía tenía hambre. Gameknight miró hacia arriba, por donde el agua entraba en la gruta, y vio el cielo azul. Ya era de día. Eso significaba que ya podía salir al exterior. Volvió al túnel que había abierto, subió corriendo los escalones y selló la entrada con bloques de tierra. No quería que los zombis se colaran por la puerta de atrás mientras estaba fuera. Gameknight se sentó a su mesa de trabajo, hizo un horno y lo colocó a un lado. Metió unos trozos de carbón dentro y unas llamas naranjas aparecieron en la base, lamiendo los laterales y arrojando más luz al refugio. A continuación, colocó los bloques de hierro en el horno. Mientras esperaba, Gameknight construyó unas antorchas; utilizó el carbón necesario para construir veinticuatro en total. Aquello sería suficiente por el momento, no quería gastar todo el carbón. Volvió junto al horno y vio que el hierro ya estaba listo. La roca en bloques se había convertido en lingotes grises y dúctiles. Con el nuevo metal fundido, Gameknight se hizo una espada nueva de hierro. Ahora ya podía salir al aire libre. Derribó los bloques de tierra con los que se había encerrado en el refugio, salió de allí y dio comienzo a la caza. Subió a una colina cercana y oteó la zona. Por supuesto, cómo no, había ovejas. «Estúpidas ovejas.» ¿Por qué no podría comerse a las ovejas? Nunca lo había entendido. Ignoró a las mullidas criaturas y escudriñó los alrededores. Las colinas se extendían por todas partes, la verde hierba ondeaba al viento, las flores de colores salpicaban la superficie. Varios grupos de árboles adornaban el paisaje: los robles y los abedules se alzaban como centinelas que vigilasen a los habitantes. A lo lejos, los abetos coronados de nieve se erguían apiñados. Sus ramas verde oscuro contrastaban con el blanco que las cubría.

En aquel momento, Gameknight avistó lo que llevaba un tiempo buscando: vacas. Deambulaban en las llanuras cubiertas de hierba. Su piel a manchas blancas y negras se mezclaba con las sombras, lo que dificultaba verlas al principio, pero una vez que las había localizado eran fáciles de ver. Entre las vacas había una piara de cerdos. Los pequeños animales rosas parecían gominolas en el paisaje. Era justo lo que necesitaba.

Gameknight999 corrió colina abajo y se dirigió hacia las reses con la espada de hierro en la mano. Guiado por el hambre, atravesó las verdes llanuras en un instante. Cuando llegó, un cerdo curioso se acercó con andares torpes.

—Hola, cerdito —le dijo al animal mientras se acercaba lentamente.

Cuando estuvo lo bastante cerca, Gameknight le propinó un golpe seco y rápido, preparado para que el animal saliese huyendo despavorido.

Golpe de espada.

Chillido. Otro chillido.

Cerdo corriendo... corriendo... corriendo.

Otros dos golpes de espada.

Chillido.

Trozos de carne de cerdo.

Había matado al cerdo y ahora tenía un poco de carne, pero no podía creer lo terrible que había sido. Los cerdos siempre chillaban cuando los golpeabas, pero oírlo en el ordenador era muy distinto de estar allí delante. El cerdo había emitido unos terribles alaridos de angustia y dolor. Sus chillidos parecían impregnados del pánico y la certeza de que su vida tocaba a su fin. Era horroroso. ¿Qué ocurriría cuando fuese su turno? ¿Sentiría la misma angustia que el cerdo? ¿Moriría allí, en Minecraft, y volvería a aparecer en el sótano, retornaría al punto de inicio de la partida... o moriría de verdad? Un escalofrío le recorrió la espina dorsal. La incertidumbre de la muerte rodeó su corazón con unas manos heladas y esqueléticas. De pronto, Gameknight se asustó al pensar en todo aquello. Examinó los alrededores en busca de enemigos. La sola idea de correr la misma suerte que aquel cerdo inocente lo llevaba a ser cauteloso y lo inundaba de temores. Le entró hambre otra vez. Tenía que comer.

Gameknight999 avanzó en busca de más animales. Antiguamente, bueno, el día anterior, cuando no estaba atrapado «dentro» de Minecraft, mataba cerdos por diversión. Nunca le había preocupado que los cerdos sintieran algo, era solo un juego. Pero ya no era solo un juego. Ahora era «real».

La barra de hambre disminuyó otro punto. Tenía que encontrar comida, por terrible que le resultara. Esprintó y encontró más ganado holgazaneando en la pradera, haciendo lo que quiera que hagan las vacas. Solo se oían sus mugidos. Las golpeó: primero una, luego otra, y otra, y otra más. Gameknight recogía la carne de ternera mientras la culpabilidad le invadía al oír sus mugidos aterrorizados. Tras matar a la tercera, dio media vuelta y volvió a su refugio. En el camino se encontró con dos gallinas escondidas en una pequeña arboleda y también las mató. Alguien las llamaba «gallinas-espía», no recordaba quién… Alguien en YouTube, ¿quizá Paul-SeerSr? No estaba seguro, pero de repente le pareció divertido, quién sabe por qué… hasta que las gallinas empezaron a chillar de dolor mientras su espada las partía por la mitad. Qué sonido tan terrorífico.

Cuando llegó a su refugio, Gameknight se tomó el tiempo de plantar dos antorchas cerca de la entrada. No era buena idea perder la ubicación de tu casa si salías a buscar comida. Tenía que construir una torre alta para poder verla desde lejos, pero eso lo haría más adelante. Ahora tenía que comer.

Se metió de un salto en el refugio y se encerró con

tierra de nuevo. Fue hasta el horno, puso toda la carne de ternera encima y dejó que se asara. La barra de hambre disminuyó otro punto. Podía sentir cómo el vacío del estómago amenazaba con empezar a quitarle PS. No tenía claro cuántos puntos de hambre le quedaban aún; sin pantalla era difícil saberlo, pero cada vez tenía más hambre y empezaba a dolerle el estómago. En cuanto el primer filete estuvo listo lo engulló, y después se comió otro. La carne devolvió las fuerzas a Gameknight999, sació su hambre y le dio PS. Era raro, podía sentir cómo se llenaba la barra de salud aunque no la viese.

Totalmente repuesto, Gameknight construyó otro pico de piedra y reanudó la búsqueda de hierro. Retiró la tierra que había usado para sellar la galería, bajó por la escalera y entró en la caverna. Una vez dentro, colocó una antorcha sobre el túnel y accedió a los recovecos más oscuros de la gruta. Se mantuvo a la derecha y colocó antorchas para poder ver las paredes en busca de los preciados minerales: carbón y hierro. Se adentró más en la caverna e inspeccionó las paredes mientras escudriñaba el espacio para ver si había monstruos, plantando antorchas a cada paso. Cuando explorabas una caverna o una cueva nueva, tenías que moverte despacio y con cautela. A aquella profundidad, daba igual que fuese o no de día: los monstruos podían estar allí, al acecho.

Se adentró aún más en el pasadizo y encontró unos pocos bloques más de hierro y carbón, pero nada en grandes cantidades. Tenía que adentrarse más. Con la empuñadura de la espada bien aferrada, Gameknight avanzó con cuidado, intentando no salirse del círculo de luz que arrojaba la última antorcha y arriesgándose un instante en la oscuridad hasta que colocaba la siguiente. Cada nuevo círculo de luz le hacía sentirse a salvo. El suelo de la caverna era irregular, de tierra y piedra con algo de grava. A veces se inclinaba un poco hacia abajo, pero enseguida remontaba y el túnel retomaba su sinuoso camino hacia el centro de aquel mundo. Era obvio que se trataba de una caverna natural: tenía pocas superficies lisas y las paredes ondulaban en relación con el suelo de forma irregular. Pero, a medida que proseguía su exploración, el techo y las pareces empezaron a estrecharse y la gran caverna se convirtió en un túnel de tan solo cuatro bloques de altura. Mucho mejor. Ahora la antorcha iluminaba ambas paredes. Encontró dos bloques de hierro más y los extrajo con su pico de piedra.

¡Crack!

La herramienta de piedra se rompió; su vida útil se había agotado. Sacó el otro pico y continuó la tarea. El túnel empezó a descender aún más y Gameknight se preocupó. Los monstruos vivían en las profundidades. Sacó la espada y continuó su camino. Se detenía cada cierto tiempo para recoger los bloques de hierro y carbón que encontraba. Gameknight se desplazaba con cuidado por el túnel sombrío. Se oían ruidos en la lejanía, lamentos rebosantes de odio hacia todas las criaturas vivientes: zombis.

Continuó colocando antorchas, cada vez más juntas, con la espada en alto y el miedo recorriéndole la espalda. Todavía recordaba lo que había sentido al luchar contra la araña, el dolor por todo el cuerpo. Mantuvo los oídos alerta ante posibles ruidos y prosiguió. En la siguiente curva, Gameknight encontró un trozo enorme de hierro, que empezó a picar presa de la emoción. Liberó un bloque, luego otro, y luego dos más.

¡Crack!

El pico emitió un último estertor y desapareció con un «pop».

Sacó su último pico y siguió trabajando, golpeando

los bloques moteados de ocre con toda su fuerza. Aquella veta de hierro podía proporcionarle el metal suficiente para construir lo que necesitaba si quería sobrevivir en aquel mundo.

«¿En serio todo esto es real?», pensó. La verdad es que le había parecido muy real cuando la araña lo atacó. El recuerdo del dolor era vívido y real. Siguió picando e intentó concentrarse en extraer todo el hierro. No quería dejar ni un solo bloque. Con el hierro salían también trozos de piedra mientras buscaba el borde de la veta. Muchos bloques caían al suelo y se quedaban flotando, oscilando de arriba abajo como si nadaran en un mar invisible. Gameknight encontró una veta de carbón adyacente al hierro. Perfecto. Extrajo el hierro restante y se concentró en el carbón, liberando el mineral rápidamente mientras se acumulaban pequeños montones negros a sus pies.

Mientras recogía el carbón oyó un lamento desconsolado, un grito que parecía provenir de una criatura completamente desesperada. En aquel gemido horrible no había lugar para la esperanza ni para el amor por la vida, tan solo una tristeza tremenda provocada por la propia existencia, que había llegado a ser tan dolorosa que hacía que la criatura odiase a todos los seres vivos. Un zombi andaba cerca. Gameknight se giró y sintió el pinchazo agudo del ataque del zombi. El putrefacto monstruo en descomposición extendió sus asquerosos brazos verdes hacia él y le golpeó en el hombro. Le alcanzó de refilón y no le causó demasiados estragos, pero dolía. Observó los brazos extendidos del zombi, esperando ver las habituales extremidades romas y poco eficientes, pero en lugar de eso advirtió que tenía cinco garras en cada mano. Las puntas afiladas brillaban a la luz de la antorcha, apuntándole. Gameknight desenvainó su espada y comenzó a asestarle golpes al monstruo. Retrocedió hasta situarse fuera del alcance de sus brazos, pero mientras blandía la espada, otro zombi se unió a la batalla. El nuevo monstruo le propinó un zarpazo en el costado desprotegido; el dolor le recorrió todo el cuerpo. Más gemidos furiosos llegaron hasta él desde las profundidades del túnel. Hacían eco en las paredes, lo que dificultaba saber cuántos eran. Aquellos dos eran solo la avanzadilla. El ruido de la batalla atraía al resto del grupo. No podía quedarse allí. Por lo que se oía, varios monstruos hambrientos estaban de camino y pretendían que Gameknight999 fuera su cena.

Se centró en uno solo de los zombis y le propinó un golpe tras otro con la espada, tratando de ignorar el dolor que le había provocado su compañero. El zombi desapareció en un torbellino de orbes brillantes de PE, y su expresión dio paso a la confusión cuando se dio cuenta de que estaba a punto de morir. Se concentró en el otro monstruo y lo hizo retroceder con la espada de hierro.

—¿Tú también quieres? —le gritó a la criatura—. ¡Venga, vamos a bailar!

Golpeó a su enemigo cada vez más rápido, intentando infligirle el mayor daño posible. El fragor de la batalla le hacía olvidar el dolor de las heridas.

El zombi empezó a parpadear en rojo.

—¿Qué se siente, eh?

Lo golpeó en la cabeza y volvió a ponerse en rojo, y luego una vez más. El zombi se resistía; sus garras afiladas arañaban el aire, pero no conseguía alcanzar a Gameknight, que daba saltos hacia atrás con cuidado de mantenerse lejos de su alcance. No quería volver a sentir aquellas terribles garras. Continuó blandiendo la espada, haciendo retroceder a la criatura, sin darle tiempo a responder hasta que, con un «pop», más esferas brillantes de PE iluminaron el suelo. Recogió rápidamente el botín y corrió hacia la entrada de la caverna, deseando llegar a su refugio y ponerse a salvo. Dejaba las antorchas a su izquierda esta vez, como si siguiera un rastro de migas de pan. Los zombis se quedaron en las sombrías profundidades del túnel, en la oscuridad, a lo suyo. No salieron más monstruos a su paso. Agradeció su cobardía, porque el brazo izquierdo le palpitaba de dolor. Su salud había mermado ligeramente. Estaba claro que había sido herida en la batalla, lo cual le recordaba la urgencia de conseguir una armadura.

Podía oír la catarata a medida que ascendía. La caverna estaba sumida en la oscuridad excepto por sus antorchas, cuyos círculos de luz vencían a las sombras aquí y allá. Era de noche... La hora de los monstruos. Corrió hasta la pared más alejada y subió las escaleras marcadas con una sola antorcha. Una vez arriba, selló el túnel con bloques de piedra y respiró aliviado; estaba a salvo en su agujero. Sacó un trozo de carne y se lo comió a toda prisa. El alimento le hizo subir PS. El dolor de los ataques zombis remitió un poco, pero el miedo aún le asaltaba en cada latido de corazón.

Necesitaba información. Necesitaba entender qué había ocurrido. ¿Qué era aquel mundo? No podía ser un sueño. El dolor era demasiado vívido, demasiado real, y el sentimiento de terror cuando se enfrentaba a los monstruos era devastador, no parecía una pesadilla, era mucho peor. El único lugar donde podía averiguar algo era el pueblo que había visto antes, pero para llegar hasta allí tendría que atravesar una gran distancia, pues estaba lejos. Quizá no lo consiguiera antes de que se pusiera el sol, y eso significaba monstruos, muchos monstruos. Los dos últimos zombis le habían supuesto pocos problemas, pero le habían infligido daño en cualquier caso. ¿Qué ocurriría cuando tuviese que enfrentarse a seis zombis, varias arañas, creepers…? Creepers. Solo pensar en enfrentarse a aquellas bombas andantes moteadas de verde le daba escalofríos de terror, pero sabía que tendría que hacerlo tarde o temprano. Habría más monstruos en la aldea, sobre todo cuando se hiciera de noche. Tenía que hacerse una armadura de hierro o no completaría el trayecto con vida.

Fue hasta el horno, puso dentro todo el hierro que tenía —31 bloques en total— y un montón de carbón debajo. Mientras el hierro se calentaba, Gameknight construyó más antorchas. Después, sacó el último pico de piedra que le quedaba y se puso a excavar bloques de piedra y tierra para ampliar su refugio; elevó el techo y separó las paredes. Después, saltó y puso un bloque de tierra justo debajo de él, y luego otro, hasta que estuvo de pie sobre dos bloques. Se colocó mirando a la pared exterior y cavó en horizontal para hacer un agujero que atravesase la pared por encima de la altura de la cabeza. Así, el sol entraría en su guarida pero los esqueletos no podrían dispararle flechas. De esta forma sabría si era de día sin necesidad de excavar la puerta de tierra. Todavía estaba oscuro; oía los chasquidos de las arañas, los gemidos de los zombis y el sonido de los slimes arrastrándose hasta su agujero. Le recorrió un ligero estremecimiento de miedo… O quizá no tan ligero.

Volvió al horno y se encontró con nueve lingotes de hierro. Los cogió y se trasladó a la mesa de trabajo. Colocó ocho piezas y construyó un peto de armadura. Se lo puso y volvió al horno. Ya había cuatro trozos más, que sumados al que le había sobrado antes le sirvieron para hacerse un casco de hierro. La armadura pareció disipar un poco el miedo y se sintió más seguro y más fuerte, más Gameknight999.

—Me gustaría ver qué pinta tengo —dijo en voz alta, hablando solo. No tenía ni idea de qué aspecto tenía ni de cómo luciría su armadura en aquel mundo de Minecraft en alta resolución.

Regresó al horno y encontró diez lingotes más de hierro. No eran suficientes. Con siete de ellos, hizo unas mallas de hierro, se las puso y flexionó las rodillas. Los pantalones metálicos eran sorprendentemente flexibles, no pesaban nada. Interesante. Volvió de nuevo al horno, cogió cuatro lingotes más y construyó unas botas. Ya tenía una armadura completa, aquello lo cambiaba todo. Desenvainó la espada y la blandió contra enemigos imaginarios mientras sentía el peso de la armadura sobre su cuerpo. Notaba la piel metálica dura y resistente, y a la vez ligera y totalmente flexible. Ya estaba preparado para enseñarle a aquel servidor quién era Gameknight999.

Mientras esperaba a que los trozos restantes se fundieran en lingotes, Gameknight se preguntó cómo funcionaría aquello. «¿Estaría en el ordenador de su padre o en un servidor en otro sitio? ¿Qué ocurriría si el ordenador se quedaba colgado o se apagaba?» Aquel pensamiento hizo que un escalofrío le recorriera la columna vertebral y se le puso la piel de gallina al contacto con el frío hierro. A Gameknight le gustaba sentir que tenía el control, y la experiencia en aquel servidor estaba siendo todo lo contrario.

En el colegio, nunca tenía el control; siempre andaba escondiéndose de los matones. No era el más alto de su clase, ni el más fuerte, ni el más listo. Era un chico normal y corriente que intentaba pasar desapercibido. Ser invisible, ese era su objetivo en el colegio. Pero en Minecraft todo era distinto. En Minecraft tenía el control. Dominaba a los demás jugadores, los troleaba por mera diversión, arrasaba sus construcciones. Jugaba mejor que nadie… Bueno, menos Notch, el creador de Minecraft. Conocía todas las modificaciones y todos los trucos que existían, por eso podía hacer lo que quisiera sin importar lo alto o lo rápido que fuese... En Minecraft, Gameknight999 tenía el control, o lo había tenido hasta entonces, y el cambio no le gustaba nada.

Volvió al horno, sacó los lingotes que faltaban y construyó un pico, un hacha y una pala de hierro. Ya tenía todo el juego de herramientas. Colocó la carne de cerdo y de pollo que le quedaba en el horno, la asó rápidamente y guardó la comida en el inventario; la necesitaría cuando abandonara el refugio. Sacó su reluciente pico nuevo, asestó un golpe al horno y lo rompió. Hizo lo mismo con la mesa de trabajo y guardó todas las herramientas en el inventario también. Ya estaba listo. Colocó un bloque de tierra junto a los dos bloques de piedra que había apilado, se subió y miró por el agujero horizontal que había abierto antes. Había salido el sol. Era de día, y la cara cuadrada y amarilla del sol lucía en el cielo.

Era el momento.

Una vez en el suelo, se colocó junto a los bloques de tierra que cerraban la cueva y los quitó con la pala sin mayor dificultad. Salió y selló el refugio de nuevo. Hacía tiempo que había aprendido que era mejor no ponerle puerta a tu refugio, porque los griefers[3] podían encontrarlo, robarte lo que tenías allí a buen recaudo y destruirlo. Lo sabía porque él se lo había hecho muchas veces a los jugadores más imprudentes y patéticos. Miró hacia el este y vio que el sol había salido del todo; todavía tenía tiempo. Antes de poner rumbo a la aldea, Gameknight escaló la pequeña montaña que se elevaba sobre su refugio. Subió la ladera con brincos rápidos

---

3. Nombre que reciben los vándalos que acostumbran a destruir las construcciones ajenas en los videojuegos de mundo abierto en línea (N. de la T.).

tras escoger un camino en el que solo tuviera que subir un bloque cada vez.

Tuvo que retroceder unas cuantas veces hasta encontrar un sitio por donde poder saltar, pero finalmente llegó a la cima. Las vistas eran espectaculares. El paisaje de Minecraft se extendía ante él como un complejo tapiz de biomas de todo tipo; las formas cuadradas eran evidentes en los más cercanos, pero se suavizaban a medida que se extendían en la distancia. Miró hacia arriba y percibió cómo el sol continuaba su trayectoria implacable hacia el horizonte. Anochecería antes de que se diese cuenta; tenía que darse prisa. Con los bloques de tierra que había conseguido al excavar el refugio, Gameknight999 empezó a construir una torre —no una estructura elaborada, solo un bloque encima de otro— que se elevaba hacia el cielo. Cuando llevaba unos diez bloques, empezó a colocar antorchas en los laterales, lo suficientemente inclinadas como para que se vieran por los lados. Colocó cinco bloques más e hizo lo mismo, de forma que hubiese antorchas en los cuatro lados de la torre de tierra. Por último, subió saltando y colocó una antorcha en lo alto de la estructura. Hacía tiempo que había aprendido que era fácil perderse en Minecraft, y una torre iluminada le sería útil para encontrar el camino de vuelta a casa. Aunque quién sabía si volvería.

Cuando estuvo seguro de que la torre era visible desde lejos, Gameknight bajó de un salto. Si hubiese caído al suelo, se habría hecho daño, pero había construido la torre estratégicamente junto a la catarata. Había un estanque de agua que fluía desde el borde del saliente y caía desde una altura de veinte o treinta bloques. Con cuidada precisión, Gameknight fue a parar a aquel estanque y no se hizo ningún daño.

Como tenía prisa, decidió tirarse por la cascada en lugar de volver a pie de la cima de la montaña. Saltó al torrente de agua y flotó lentamente hasta la base del precipicio, llevado por la corriente. Mientras caía, Gameknight vio como el suelo se acercaba cada vez más. El viaje acuático fue tranquilo e inofensivo. Salió del agua para evitar que el torrente lo arrastrara a la caverna subterránea, pisó tierra firme con brío y echó a correr. Poniendo rumbo al norte, Gameknight esprintó hacia la hendidura entre dos colinas para salir de aquel pequeño valle al pie de la poderosa cascada. Se giró y miró hacia arriba. El pilar de tierra relucía en lo alto de la montaña; esperaba que se viese desde bien lejos. Podía atraer a los griefers, pero nunca encontrarían su refugio a menos que tuviesen una modificación de rayos X y, además, llevaba encima todo lo importante: comida, armas y herramientas. El resto se lo podían quedar.

Gameknight999 puso rumbo al norte, en dirección a su destino: la lejana aldea. Ante él se alzaba la montaña con forma de monstruo extraño; el perfil escarpado recordaba a las fauces hambrientas de una gran bestia. Tenía que correr sobre aquel animal de tierra para llegar hasta la aldea. El pensamiento lo hizo estremecerse. La abertura dentada parecía estar esperando a que se acercara y cometiese un error, un error que le provocaría dolor e incluso la muerte. La mano húmeda y gélida del miedo le agarró la columna vertebral, haciéndolo estremecer de nuevo. A lo lejos divisó varias arañas y algún creeper. La velocidad y el sigilo eran cruciales en aquel momento, o llegaría demasiado tarde a la aldea. O, lo que era aún peor, no llegaría nunca. Pensó que ojalá estuviera allí Shawny, su amigo de Minecraft; posiblemente su único amigo. Habían vivido muchas aventuras juntos, habían librado incontables batallas codo con codo. No era muy habitual que Gameknight necesitara a alguien. Era un lobo solitario por naturaleza, pero aquel día, en aquel momento, necesitaba desesperadamente a alguien, necesitaba a su amigo, aunque sabía que los deseos no sirven para nada, solo para crear falsas esperanzas. Relegó el miedo a un rincón de su corazón y esprintó hacia la ciudad, con la ansiedad y el temor cosquilleándole en las meninges.

—Andaos con cuidado, monstruos —dijo, levantando bien alto su espada, con el cuerpo entero envuelto en el hierro salvador—. Gameknight está aquí.

Y siguió corriendo hacia la aldea, hacia su destino.

CAPÍTULO 5

LA BATALLA

El camino hasta la aldea era aterrador. Había enemigos por todas partes. Las arañas se escondían en los árboles y los esqueletos se apiñaban allá donde las sombras de las copas de los árboles ofrecían algo de protección contra el sol incendiario. Los estúpidos zombis deambulaban por todas las cavernas y las grietas de la roca, llenando el aire con sus gemidos. Debía de haber por lo menos el doble de monstruos que en un servidor normal. No sabía cómo, pero los monstruos parecían sentir su presencia desde lejos; su carne los atraía como la sangre a los tiburones.

Se movía rápido por la meseta, corría de colina a colina, coronaba las cumbres con sigilo para esquivar cualquier amenaza. Al llegar a lo alto de una colina, llegaron a sus oídos chasquidos cercanos de arañas. Gameknight se dio la vuelta y desenvainó la espada en un solo movimiento para vérselas frente a frente con tres de aquellas bestias gigantes. El pelo hirsuto de sus cuerpos se movía en todas direcciones y sus ojos rojos relucían de odio y sed de destrucción. La araña de en medio reptó hasta él con la esperanza de abalanzarse sobre su cuerpo revestido de hierro. Gameknight se desplazó a la izquierda y la golpeó en el bajo vientre con un espadazo contun-

MARK CHEVERTON

dente que hizo que la criatura parpadeara en rojo. Las otras dos se unieron a la reyerta, atacándolo con violencia con sus garras negras. Uno de los golpes llegó a su objetivo y le hizo un arañazo bien profundo en el peto. Gameknight retrocedió y a la vez atacó a la araña, haciéndola retroceder mientras las otras dos intentaban rodearlo por detrás. Aquellas criaturas eran astutas y sabían pelear en equipo: una atacaba y las otras, mientras, buscaban un ángulo mejor desde el que dominar a la presa. Mientras giraba, atacó a la araña que tenía a la derecha, se volvió, atacó a la de la izquierda y a la vez retrocedió ante la que tenía delante.

Shhh… bam.

Otro zarpazo le alcanzó.

Gameknight giraba sobre sí mismo y atacaba intentando abatir a los tres monstruos, pero estaban asestándole demasiados golpes. Su armadura se estaba debilitando, aquello no pintaba bien. Corrió hacia el frente, se coló entre el trío y le propinó un golpe a la primera. Sorprendidos por la táctica, los monstruos se quedaron quietos sin saber qué hacer. Aprovechando la ventaja momentánea, Gameknight sacó su pala y extrajo tres bloques del suelo. Por suerte, eran todos de tierra; se metió dentro del agujero y se encerró con uno de ellos. Envuelto en la más completa oscuridad, Gameknight escuchó cómo se aproximaban los chasquidos. Las arañas parecían rabiosas por la fuga de su presa. Sabían dónde estaba. Los monstruos deambulaban sobre su cabeza; querían sacarlo de allí, pero no podían. No estaban programadas para excavar. El ruido que hacían los depredadores seguía siendo terrible, podía oír con claridad el odio y las ganas de matar en sus chasquidos. El miedo le fluía por las venas; las temidas arañas estaban a tan solo un bloque por encima de su cabeza. Gameknight se agachó para alejarse un poco, esperando que se le ocurriese un plan pero, para su sorpresa, al agacharse los monstruos parecieron perder su rastro; sus gruñidos de enfado se dispersaron y se alejaron. «Interesante.»

A oscuras, Gameknight sopesó sus opciones. Ya no oía a los arácnidos, pero cabía la posibilidad de que siguieran arriba, esperando en silencio a que el ratón abandonase su agujero. Temblando de miedo, Gameknight decidió que no podía quedarse allí toda la noche. Sacó la pala, abrió el hoyo y trepó a la superficie con cautela. Usó la cabeza como si fuera el periscopio de un submarino y se asomó sobre el nivel del suelo para explorar la zona en busca de sus peores pesadillas. Se habían ido. Probablemente perdieron el interés cuando se agachó. Exhaló un suspiro de alivio y recorrió con los dedos el arañazo en el peto de la armadura; los bordes de la hendidura le recordaban que todo aquello era de verdad. A continuación, sacó el resto del cuerpo del hoyo y prosiguió su camino.

Tuvo que escapar muchas veces de los gigantes negros y de los furibundos creepers. Cuando eran demasiados, usaba la técnica del hoyo y se agachaba. Los creepers eran los peores, porque su única arma consistía en explotar cuando estaban lo bastante cerca para dañar a su presa. Varios creepers intentaron sorprenderlo y detonar junto a él. Consiguió matar a dos antes de que estallaran. El tercero sí explotó más cerca de su armadura. Menos mal que la protección de hierro cubría su piel y no llegó a sentir el dolor punzante que le habrían causado en otras circunstancias. Continuó avanzando campo a través entre carreras, excavaciones y cuclillas mientras seguía su rumbo a la aldea.

Por fin divisó las antorchas de la ciudad a lo lejos justo cuando los últimos rayos del sol se hundían en el horizonte, teñían el cielo de tonos cálidos de rojo y naranja y se asomaban las estrellas relucientes. Gameknight se sorprendió de que, aunque ya fuese casi de noche, no hubiese monstruos en las inmediaciones. Creía que cuando la oscuridad engullera el paisaje iba a tener que correr por su vida, pero a medida que cruzaba la llanura había cada vez menos monstruos en la zona, como si algo los hubiese atraído a otro lugar. Cuando vio la aldea, lo entendió todo. Un sinfín de criaturas inundaba la población, posiblemente todas monstruosas que vivían en muchos kilómetros a la redonda, ansiosas por devorar a los que allí se escondían.

Necesitaba respuestas y no podía permitir que las criaturas lo destruyeran todo. Gameknight999 corrió lo más deprisa que pudo y se dirigió como una exhalación a la aldea. A medida que se acercaba, oía con mayor fuerza los gritos de los aldeanos atacados por los zombis y las arañas, los alaridos de dolor cuando los alcanzaban las flechas de los esqueletos, o veía el destello ocasional de la explosión de un creeper a lo lejos. Los chillidos de agonía y tormento, los gritos de los heridos y los lamentos de los que estaban a punto de morir eran estremecedores. La aldea estaba siendo arrasada de Minecraft para siempre. Era real y era terrible, casi como si Gameknight pudiera sentir el miedo y el dolor de los habitantes.

Sintió una puñalada… Un dolor terrible en el costado. Gameknight oyó gritar a una aldeana cuando un zombi la golpeó en las costillas con sus brazos romos y verdes; era como si sintiese su dolor.

Otra puñalada… Una sacudida de dolor en la espalda. Un aldeano cayó al suelo cuando una flecha se le clavó en la espalda. Notó la punta serrada como si hubiese atravesado su propia carne.

Los relámpagos de dolor no cesaban. ¿Por qué sentía todo aquello? No estaba recibiendo daño alguno, pero el dolor era casi insoportable. De algún modo, estaba vinculado a aquellos aldeanos… No, estaba vinculado a Minecraft, y tenía que detener su aniquilación.

Gameknight se sumó a la batalla y empezó a localizar a sus enemigos. Sabía que primero tenía que acabar con los zombis. Las criaturas verdes estarían a las puertas de las casas, golpeando las barreras de madera con sus garras para intentar atrapar a las víctimas indefensas que se escondían dentro. Saltó y corrió entre arañas y creepers, y finalmente se abalanzó sobre un grupo de zombis atacándoles con su espada de hierro. Después retrocedió con la esperanza de que lo siguieran, cosa que hicieron. Cuando lo atacaron, los fue derribando uno por uno. Golpe en la cabeza. Espadazo en el cuerpo. Puñalada en la espalda. Los tres monstruos verdes sucumbieron, dejando tras de sí esferas pequeñas y brillantes de PE y montoncitos de carne de zombi. Corrió entre los orbes de experiencia tras su siguiente víctima. Los PE le hacían sentirse más fuerte. Mientras corría entre los monstruos, ponía antorchas en el suelo y así llenaba el terreno de círculos de luz dorada para ver mejor a sus enemigos. Siguió corriendo, poniendo antorchas y abatiendo zombis mientras recorría la aldea como una exhalación.

Pum, pum, pum. Gameknight oyó los golpes de los puños inertes y afilados de un zombi en una puerta. Corrió de una estructura a otra en busca del atacante. Al fin lo encontró en la estructura de piedra que parecía un castillo, con la torre elevada que se cernía sobre la aldea. Gameknight se precipitó hacia la entrada principal y se abalanzó sobre el zombi. Lo rajó con la espada y destruyó a la bestia enseguida, y después se dio la vuelta justo cuando una araña le rozaba con sus patas. Cuando la garra negra arañó su armadura, sonó a rasguño y a rotura; atravesó la protección de hierro como lo hubiera hecho un abrelatas. Estaba recibiendo daño.

Retrocedió y volvió a avanzar, asestándole un golpe a la araña cada vez. A los cuatro golpes, el monstruo de ocho patas se evaporó dejando tras de sí más PE y un rollo de tela de araña.

Gameknight ignoró el botín y siguió buscando zombis. Un siseo cruzó el aire: un creeper estaba a punto de explotar. Vio a la bestia moteada junto a una casa. El animal verdinegro estaba empezando a relucir y a hincharse, listo para la detonación. Esprintó hasta la bomba móvil, blandió la espada junto a su cabeza y detuvo el proceso de detonación, aunque también atrajo su atención. El creeper moteado se volvió hacia Gameknight. Sus ojos negros como el carbón lo miraban con un odio estremecedor e incontrolable. El creeper volvió a hincharse e iluminarse. Estaba intentando explotar de nuevo. Gameknight reaccionó rápido, levantó la espada ante el monstruo y lo golpeó una y otra vez hasta que desapareció con un «pop», dejando tras de sí un montículo de pólvora y más PE.

Gameknight atravesó como una bala el campo de batalla aplastando zombis, partiendo cabezas y brazos con su espada de hierro. Era un torbellino de muerte, su hoja no paraba de hacer estragos entre los monstruos. Los golpeaba como lo había hecho tantas otras veces antes, pero aquella vez era distinto. Aquella vez era de verdad. Todos los zombis sabían ya que estaba allí y que ahora eran ellos los perseguidos. Cambiando de táctica, las criaturas verdes se unían en grandes grupos, con los brazos terminados en garras extendidos hacia él. Gameknight dejó atrás al terrible grupo y vio a los altos enderman en la periferia. Sus ojos blancos relucían incandescentes en la oscuridad. Lo miraban fijamente, como si dirigieran la batalla.

Justo entonces, un grupo de zombis se acercó hacia él. Sus gemidos y lamentaciones atronaban los oídos de

Gameknight. Corrió hacia el grupo, cruzó por el centro y blandió la espada a su paso. Se dio la vuelta y asestó un nuevo golpe a las bestias. Con un golpe tras otro, Gameknight redujo el grupo a cero hasta que solo quedaron orbes de experiencia y montones nauseabundos de restos de zombis. Recogió los PE, volvió al pueblo y acabó con los zombis que quedaban.

Cuando cayó el último zombi, se oyeron las risas irritadas de los enderman. Los monstruos permanecían en la periferia de la batalla, pero no se involucraban de forma directa. Gameknight esperaba que los altos monstruos oscuros no se unieran a la lucha; un enderman era un adversario terrible. No estaba seguro de poder sobrevivir a un enfrentamiento con una de aquellas criaturas sombrías valiéndose únicamente de espada y armadura de hierro, pero también sabía que para que atacaran había que provocarlos, y eso era lo último que pensaba hacer.

Una vez desaparecidos los zombis, se centró en los esqueletos, que le estaban infligiendo daño a distancia con sus arcos. Se desplazó entre los edificios hasta que se topó con una casa a la que le faltaba un bloque a la altura de la cabeza. Un esqueleto estaba disparando flechas por el hueco a los ocupantes, cuyos gritos de angustia resonaban en la cabeza de Gameknight. Se acercó a la pared y tapó el agujero con un bloque de piedra, y después se dio media vuelta y cargó contra el esqueleto. Las flechas tañían contra su armadura, la espada de hierro blandía salvaje el aire; pronto todo se llenó de PE.

Encontró un edificio sin puerta donde los PNJ se escondían en una habitación de la parte trasera. Gameknight selló la puerta rápidamente con piedra y siguió corriendo en busca de más blancos. A lo lejos veía a los enderman teletransportándose de un sitio a otro, siempre seguidos de una nube de partículas moradas. Parecía que se movieran para poder observar mejor la batalla. A veces, alguna de las criaturas oscuras se teletransportaba hasta la aldea un instante y luego desaparecía en una neblina morada. Gameknight miró para otro lado para no provocarlos y siguió luchando con los monstruos, olvidándose de las larguiruchas criaturas por el momento. La horda enemiga había mermado bastante; ya había acabado con todos los zombis y estaba centrado en los esqueletos y en los creepers. Esprintó por toda la aldea, atacando a las arañas a su paso y acercándose, en cambio, a los esqueletos para poder acabar con ellos.

Recordó algo que había aprendido con un juego de ordenador antiguo de su padre, el Wing Commander. Gameknight centró su atención en los esqueletos. Corría en zigzag, se colocaba junto a los monstruos óseos y les asestaba un único golpe con la espada antes de volver a salir corriendo. Con esta táctica de atropello, Gameknight fue quitándoles todos los PS a los esqueletos. Se movía rápido para esquivar los certeros disparos de los arcos; las flechas pasaban silbando junto a su cabeza y rozándole la espalda. No conseguían alcanzarle, pero no andaban lejos. Nada lejos. Los enderman parecían notar lo que estaba haciendo, porque los monstruos empezaron a reaccionar. Montones de arañas vinieron a rodear a los esqueletos, protegiéndolos de la espada de Gameknight.

—¿Así que queréis jugar? —preguntó Gameknight—. Muy bien, a ver qué os parece esto.

Cargó contra los creepers esta vez; golpeó a las bestias de motas verdes, propinándoles un golpe cada vez y empujándolos para que detonaran lejos de la aldea. No tuvo suerte. Corrió hasta ellos y golpeó a dos de los monstruos explosivos. Después retrocedió, arrastrándolos fuera de la aldea. Las criaturas, que eran muy simples, hicieron lo que esperaba y lo persiguieron como los ratones al queso. Una fila de creepers lo siguió hasta las afueras de la aldea. Gameknight se giró, golpeó al líder con su espada de hierro y lo hizo detonar. Dio un salto atrás en el último momento, justo cuando el monstruo se hinchaba y explotaba llevándose a sus camaradas con él. El aire olía a azufre y del cielo llovían bloques de tierra. Apareció un cráter en la superficie de Minecraft.

Gameknight999 volvió a la aldea y buscó más monstruos silbantes. Otro grupo de creepers deambulaba cerca del pozo; sus cuerpos verdes y negros se empujaban los unos contra los otros a medida que avanzaban sin rumbo fijo. Gameknight corrió hacia ellos y le asestó un único golpe al líder. La bestia se iluminó un momento, pero volvió a ponerse verde cuando Gameknight retrocedió.

—Vamos, sígueme —le dijo Gameknight al monstruo mientras retrocedía despacio.

Como era de esperar, la criatura corrió hacia él de nuevo; sus pequeñas pezuñas porcinas se movían tan deprisa que apenas se distinguían. Otros monstruos se unieron a la persecución; todas las bestias querían explotar y llevarse por delante al usuario. Cuando estaban lo suficientemente lejos de la aldea, Gameknight se paró y los detonó de la misma forma que antes, alejándose corriendo en el último momento para evitar que lo alcanzara la letal explosión.

Repitió su estrategia con todos los creepers. Los llevaba lejos de la aldea y los mataba uno a uno, algo que se le daba francamente bien, y así hasta que hubo eliminado a todas las bestias verdes moteadas. Había destruido la mayor de las amenazas. Volvió a las arañas y los esqueletos, pero se dio cuenta de que no podían entrar en ninguno de los edificios ni alcanzar a los aldeanos inocentes que se escondían en ellos. Los enderman eran ya el único peligro, y las oscuras bestias no parecían tener ningún interés en participar.

De repente, se dio cuenta de que había ganado... Victoria.

Ahora tenía que esconderse. Gameknight se acercó a uno de los edificios en la linde de la aldea y empezó a abrir la puerta cuando oyó voces que no provenían de los monstruos que seguían merodeando por allí, sino de los aldeanos de dentro... ¿Aldeanos hablando?

—¡¡¡Griefers!!! —gritaron.

Gameknight se dio la vuelta y vio aparecer de la nada a cuatro jugadores. Sus nombres flotaban sobre ellos con un hilo plateado que se elevaba hasta el cielo y brillaba en la oscuridad. Uno de los jugadores tuvo la mala suerte de aparecer en el centro de un grupo de arañas. Los monstruos de ocho patas se abalanzaron sobre él y lo devoraron en cuestión de segundos, y con él sus pertenencias y un montón de PE. Los otros tres jugadores empezaron a atacar la aldea, destrozándola por pura diversión. Uno echó abajo una puerta para dejar que entraran las arañas. Otro entró en una casa y atacó directamente a los aldeanos.

«¿Qué hacen? ¿No se dan cuenta de que están haciendo daño a los PNJ?»

—Eh, venid —dijo uno de ellos a sus compañeros—. He encontrado a un niño PNJ. Vamos a turnarnos para pegarle.

Los otros jugadores se movieron hacia la voz, pero Gameknight echó a correr y llegó a la casa antes que ellos.

—¿Qué haces? —gritó Gameknight—. ¡Deja a esta gente en paz!

—¿Cómo? Si son solo PNJ, ¿qué más da? —contestó

el griefer mientras se adelantaba y le pegaba un puñetazo al niño.

Pum... Gameknight sintió el golpe y oyó los gritos de dolor del niño. Los padres se abrazaban en un rincón, claramente aterrorizados.

—¡Basta! —chilló Gameknight.

Pum.

—¡¡He dicho que basta!!

Gameknight atacó al griefer con su espada. Le dio un golpe, luego otro, y otro más. Este se giró e intentó defenderse, pero no sirvió de nada. Gameknight era experto en el modo JcJ y le propinó un golpe tras otro hasta que el jugador desapareció y solo quedaron sus pertenencias y sus PE flotando sobre el suelo.

—Eh —dijo una voz desde atrás.

Gameknight se dio media vuelta y atacó a la voz, que pertenecía a otro de los griefers. El jugador no vio venir la ferocidad del ataque y desapareció enseguida, seguido por el tercero de ellos. Todas sus pertenencias y sus PE se quedaron flotando a los pies de Gameknight. Recogió el botín, cerró la puerta rápidamente y miró por la ventana. Vio a lo lejos a los esqueletos con su círculo protector de arañas deambulando alrededor, moviendo sus ocho patas peludas de acá para allá en busca de presas inexistentes. Notaba cómo los enderman lo miraban desde lejos con los ojos blancos arrasados por la rabia, aunque por alguna razón mantenían las distancias, afortunadamente.

Entonces, Gameknight vio llamas en el exterior. Los esqueletos ardían como velas en cuanto la luz del amanecer prendía en los huesos. Los cuerpos blancos saltaban y se iluminaban en rojo al recibir daño. En treinta segundos, todos los esqueletos acabaron muertos. Las arañas, al quedarse sin nadie a quien proteger ni objetivos en los que fijar su rabia, se dispersaron enseguida en busca de algo con lo que saciar su deseo de destrucción, dejando atrás el círculo formado por los enderman.

Gameknight abrió la puerta con mucho cuidado y salió. Los enderman seguían rodeando la aldea; sus perfiles oscuros destacaban en el paisaje, ahora iluminado. Una de las altas criaturas se adelantó varios pasos y miró a Gameknight con tanta rabia que las partículas moradas que flotaban a su alrededor parecieron teñirse de rojo sangre. Los demás enderman se teletransportaron mientras su líder se encaraba con Gameknight. Sus formas sombrías fueron desapareciendo en nubes de humo morado. El jefe de los enderman avanzó otro paso, levantó uno de sus largos brazos negros y apuntó con él a Gameknight. Una voz amenazante y aguda llenó el aire.

—Esto no acaba aquí, Usuario-no-usuario —dijo el enderman. Su voz destilaba rabia y maldad—. Has interferido en algo que no alcanzas a entender. Llegaremos hasta la Fuente y ajustaremos cuentas. No hay esperanza para vosotros, sobre todo para los de tu especie. Estás sobre aviso, ándate con cuidado. Y apártate de nuestro camino.

A continuación, el enderman desapareció y al instante reapareció a su lado. Su cuerpo no era negro como el de los demás, sino rojo oscuro, del color de la sangre seca. Aquello lo hacía parecer aún más terrorífico. Gameknight se llevó la mano a la espada, pero el enderman atacó tan rápido y tan fuerte que no le dio tiempo a reaccionar. El largo brazo le propinó un único golpe en la cabeza que se extendió por todo su cuerpo y le produjo un dolor tremendo. ¿Estaba muriendo? «¿Qué está pasando?», pensó mientras la oscuridad lo engullía.

CAPÍTULO 6

EL ALCALDE

Gameknight despertó lentamente. La niebla confusa de la inconsciencia aún lo envolvía, aunque empezaba a distinguir parches de claridad. Estaba tumbado en una cama cómoda, sobre un colchón rojo y suave. Le dolía la cabeza. Aún le retumbaba por alguna razón, y notaba el eco de una jaqueca con cada latido. «¿Acaso la batalla había sido un sueño, o más bien una pesadilla?» Abrió los ojos despacio y se encontró con un techo de madera. Giró la cabeza y vio cuatro paredes de roca y una cómoda de madera en un rincón. Las formas a su alrededor eran cuadradas y en bloque.

«No era un sueño… Es real… No…»

Gameknight se puso de pie, bajó de la cama y estudió la habitación. La cabeza le daba vueltas, se había levantado demasiado rápido. Estaba todo vacío. Había una puerta que llevaba a una habitación más grande con paredes de roca y ventanas de cristal diseminadas por todas partes. «¿Qué es esto?» Desenvainó la espada, se acercó a otra puerta y pasó a la siguiente estancia. También estaba vacía. ¿Dónde estaba? Vio una puerta de madera que llevaba al exterior, con un ventanuco por el que se colaban unos rayos dorados del sol que atravesaban la habitación polvorienta. Gameknight se acercó a la puerta y vio que había algo fuera; de hecho, varios algos. Parecía gente... No, no era gente sin más, eran aldeanos. Seguía en la aldea. Al menos ya sabía dónde estaba.

Se acercó a la puerta, la abrió y salió al aire libre con la espada en alto. Se alejó unos pasos de la casa y miró a los aldeanos, cuyos ojos brillantes cubiertos por una sola ceja estaban fijos en él. La aldea entera estaba allí. Los PNJ caminaban en un solo grupo enorme; los colores de sus largas túnicas parecían una colcha multicolor con una línea negra en el centro de cada cuadrado. Todos parecían un poco bizcos, con las pupilas apuntando a la larga y prominente nariz que dominaba el centro de sus rostros. En el Minecraft de siempre, a Gameknight le parecían todos iguales, pero ahora, en este mundo en alta resolución, podía apreciar sutiles diferencias. Algunos tenían cicatrices en la cara, probablemente provocadas por la garra de un zombi o de una araña, pero también había diferencias en su estructura facial: el grado de inclinación de una nariz, la anchura y el color del entrecejo, todo variaba ligeramente hasta el punto de generar cierta individualidad en cada uno. Lo que más llamaba la atención era el miedo que Gameknight vio en sus miradas.

—No sé qué pasó después de que el enderman me derribara, pero gracias por acostarme en la cama —dijo Gameknight a la multitud. La cabeza aún le dolía un poco, pero el recuerdo horrible de la bestia oscura permanecía vívido en su memoria—. Creo que necesitaba descansar.

Silencio.

—Me llamo Gameknight999 y soy nuevo en este mundo. No entiendo por qué estoy aquí, me gustaría averiguar algunas cosas.

Silencio.

—Sé que habláis —dijo—. Oí vuestros gritos anoche cuando os atacaban los monstruos.

Silencio. Pero ante la mención de la noche anterior los aldeanos empezaron a murmurar, claramente agitados.

—No soy un griefer. Soy vuestro amigo. Detuve a esos griefers que os atacaron al final de la batalla y detendré a cualquiera que venga a molestaros. Por favor, decid algo.

El silencio asoló la plaza, pero no era un silencio tranquilo. No paraba de notar cómo los PNJ se intercambiaban miradas nerviosas. Percibía la tensión y el miedo que desprendían; tenían miedo de los monstruos, pero también tenían miedo de él. Entonces, una niña se adelantó y se acercó a Gameknight999. La niña tenía los brazos pegados al pecho, y su nariz apuntaba ligeramente hacia la derecha entre dos ojos verdes y brillantes. Se acercó hasta donde estaba y se detuvo junto a él, mirándolo con su cara cuadrada. Tenía dos rozaduras en la mejilla y un moratón bastante feo en la mandíbula, que estaba algo hinchada.

—Gracias por protegerme anoche —dijo la niña.

Se acercó aún más e inclinó la cabeza sobre el pecho de Gameknight. Él, dejando a un lado su espada, acarició la cabeza de la niña y sintió cómo ella se apretaba aún más contra él. Tenía el pelo suave, como de terciopelo, lo notó mientras acariciaba los largos mechones. La tela de la túnica, en cambio, era áspera. Gameknight sonrió, lo que provocó una avalancha de sonrisas entre los aldeanos, que se precipitaron hacia él desbordantes de emoción y gratitud. Fue como una gran celebración, la única que se había vivido en la aldea después de una noche de monstruos y enemigos. Todos los PNJ se pusieron a hablar al mismo tiempo; se contaban unos a otros todos los actos de valor de Gameknight de la noche anterior. Todos participaban de la apreciación colectiva, excepto uno.

Un único aldeano se mantenía al margen de la celebración y miraba a Gameknight999 con recelo.

—¿Qué celebráis? —gritó el aldeano solitario—. Es un griefer. Mató a mi mujer.

La voz discordante reprimió la celebración de forma instantánea, y los aldeanos retrocedieron y se giraron en busca del origen del descontento.

—No podemos confiar en él. Nos destruirá a todos.

—No tan deprisa, Excavador —dijo otra voz en la multitud—. Anoche nos salvó, ¿no? ¿Por qué iba a hacer eso si fuese un griefer?

—¿Pero qué dices, Alcalde? Es un griefer —continuó Excavador—. ¿No recuerdas cuando vino a nuestra aldea y echó abajo las puertas para que entraran los zombis? Se llevaron a Jardinero y a su mujer, y los convirtieron en aldeanos zombi. ¿No recordáis cómo rompió un bloque y permitió que los esqueletos dispararan a mi mujer y la atravesaran con sus flechas? —Hizo una pausa, presa de la emoción…—. ¡Mi esposa…!

Excavador miró a Gameknight con odio mientras el recuerdo de aquella noche se repetía en su memoria. El blanco de sus ojos se convirtió en rojo a causa de la rabia.

—La sostuve entre mis brazos mientras sus PS se agotaban lentamente y la vida se le escapaba. Sufría muchísimo, estaba atravesada por cinco o seis flechas, pero peor aún que el dolor era el miedo a morir, a abandonar su aldea y a su familia. «Cuida de los niños», me susurró mientras la sostenía entre mis brazos y le acariciaba el pelo. —Dos PNJ se acercaron a Excavador, un niño y una niña, y se abrazaron a su padre con el rostro arrasado por las lágrimas—. Le dije que cuidaría de ellos, que yo los querría por los dos, ¿y sabéis lo que hizo? Sonrió como si mis palabras hubiesen disipado su miedo a la muerte. Entonces, desapareció lentamente de mis brazos y de mi vida para siempre. Este usuario, o lo que quiera que sea, no es de fiar; es peor que los monstruos. Por lo menos, con los monstruos sabemos lo que hacen y por qué, pero con los griefers nunca se sabe. Matan por pura diversión. Destruyen por aburrimiento. Son una amenaza para todos los mundos de Minecraft, no solo en el plano de este servidor, sino en todos, incluso para la Fuente.

—Pero Excavador, este no es igual que los demás —dijo el Alcalde con voz grave—. Anoche demostró ser nuestro amigo y no vamos a echarlo. —Se giró hacia Gameknight y continuó—: Eres bienvenido aquí, compañero, y te brindaremos toda la ayuda que necesites. Te lo debemos por lo de anoche.

—Nunca hemos visto a nadie ahuyentar a los monstruos como hizo él anoche —dijo otro aldeano desde la multitud.

—Es verdad —dijo otro—. Con tantos zombis y tantos esqueletos, lo normal es que nos hubiesen destruido a todos, como dice la profecía.

Entonces, uno de los aldeanos dio un grito ahogado y señaló un punto encima de la cabeza de Gameknight. Otros también se dieron cuenta y miraron boquiabiertos, con una expresión de asombro e impresión pintada en las caras cuadradas.

—El hilo… El hilo… —murmuraban entre ellos—. La profecía… La profecía…

Gameknight miró hacia arriba para ver adónde apuntaban, pero solo vio el cielo azul y las nubes cuadradas que lo surcaban perezosas. Volvió la mirada a la multitud y vio expresiones de asombro y de miedo en los rostros de algunos PNJ.

—¿Qué es eso de la profecía? —preguntó Gameknight, confuso.

Los aldeanos se quedaron en silencio y miraron a Gameknight y al Alcalde, alternativamente.

—¿Qué? —preguntó Gameknight.

—La profecía habla de una batalla inminente, lo suficientemente grande como para arrasar nuestra aldea —explicó el Alcalde mientras miraba al punto aquel sobre la cabeza de Gameknight y de nuevo a la cara.

—No solo nuestra aldea —dijo una voz desde la multitud.

—El hilo… El hilo —murmuraron varias voces en voz baja.

—Es cierto —continuó el Alcalde, en voz alta comparada con los susurros de los demás—, no solo nuestra aldea; todas las aldeas.

—¿Todas las aldeas…? ¿Por qué? ¿Cómo es posible? —preguntó Gameknight.

—Los monstruos se están multiplicando en este plano de servidores, y están creciendo en número y en fuerza —explicó el Alcalde—. Pronto invadirán nuestro mundo y destruirán a todas las criaturas vivientes.

—Pero ¿por qué? —preguntó Gameknight, mirando hacia arriba otra vez. Seguía sin ver nada.

Los aldeanos se miraron nerviosos, primero entre ellos y luego al Alcalde de nuevo, todos murmurando por lo bajo, aunque Gameknight no conseguía distinguir qué decían.

—¿Qué decís? ¿Qué ocurre? —preguntó a la multitud de PNJ.

Por fin, uno de los aldeanos habló en alto. Sus palabras se elevaron sobre el resto.

—El Constructor —gritó la voz—. Tiene que ver al Constructor.

—¿Cómo? —dijo Gameknight.

—El Constructor… El Constructor… El Constructor… —susurraron todos los aldeanos a una.

—Sí, Rastreador, creo que tienes razón —dijo el Alcalde mientras se acercaba a Gameknight—. Tienes que ver al Constructor. —Miró hacia arriba y comprobó la posición del sol—. Todavía quedan horas de luz y tenemos muchas cosas que hacer antes del próximo ataque. Podéis iros. Yo llevaré a este usuario que no parece un usuario normal a ver al Constructor.

Los aldeanos empezaron a dispersarse, murmurando entre ellos mientras se alejaban.

—Qué raro —dijo Gameknight—. El enderman con el que me enfrenté anoche me llamó algo parecido. Se dirigió hacia mí como «Usuario-no-usuario», algo similar a lo que acabas de decir. ¿Qué significa eso?

De repente, todos los PNJ interrumpieron su camino y se dieron la vuelta para mirar a Gameknight. El silencio asolaba la aldea. Desde lejos, mugidos y algún gruñido llegaban arrastrados por la brisa mientras las caras cuadradas lo miraban entre maravilladas y asustadas.

—La profecía… La profecía… La profecía… —murmuraban los aldeanos con voz emocionada y a la vez aterrorizada, todos con los ojos fijos en él.

—Sí, definitivamente tenemos que llevarte a ver al Constructor —dijo el Alcalde con voz muy seria—. Ven, sígueme.

El alcalde echó a andar hacia el edificio que parecía un castillo con la torre alta que había en todas las aldeas. Gameknight999 lo siguió. El eco de las voces de los aldeanos aún resonaba en su cabeza, y el miedo y la confusión lo invadían.

CAPÍTULO 7

EL CONSTRUCTOR

El Alcalde guio a Gameknight hasta la torre de bloques situada en medio de la aldea. Estaba hecha de roca, con ventanas de cristal repartidas por los muros, y almenas alrededor de todo el perímetro. Era el típico castillo amurallado de Minecraft. En el lado de la torre, a nivel del suelo, estaban las casas de los que custodiaban la torre; la disposición de la construcción tenía forma de ele.

El Alcalde caminó hasta la puerta de la torre y la abrió. Su túnica morada ondeó al entrar en la estancia. Esperó a que Gameknight lo siguiera. La incertidumbre y el miedo lo inundaban mientras subía los escalones de entrada al edificio.

—¿Adónde vamos? —preguntó Gameknight.

—A ver al Constructor —contestó el Alcalde.

—¿Está en la torre?

El Alcalde miró a Gameknight y negó con la cabeza, respondiendo a su pregunta en silencio. Una vez dentro, el Alcalde cerró la puerta y se giró hacia él.

—Saca el pico —ordenó el Alcalde.

—¿Cómo?

—El pico —dijo el Alcalde, apuntando a las manos vacías de Gameknight.

Confuso, abrió el inventario (aunque aún no sabía muy bien cómo lo hacía) y sacó su pico de hierro.

—Ahora cava, justo aquí —dijo el Alcalde, señalando un bloque concreto en el suelo del edificio.

—¿Que cave?

—Sí, cava, aquí —reiteró el líder de los PNJ.

—Vale... —contestó Gameknight, visiblemente confundido.

Empezó a cavar. Picaba el bloque, astillaba la roca y miraba cómo se rajaba. Después de dar cuatro o cinco golpes con el pico, el bloque de piedra se rompió en pedazos, pero en lugar de dejar un pequeño cubo de piedra flotante, cayó hacia abajo y desapareció, revelando un túnel vertical que se extendía por debajo del suelo. Había una escalerilla a un lado y antorchas en los muros laterales, que se perdían de vista en las profundidades. Gameknight escudriñó la oscuridad y luego miró a su acompañante.

—¿Y bien? —preguntó el Alcalde.

—¿Y bien, qué?

—¿Vas a bajar?

—¿Adónde? —contestó Gameknight, completamente perdido—. ¿Cómo ha llegado hasta aquí este túnel? He estado en muchas aldeas, he destrozado... esto... he cavado... eh... vamos, que he visto muchas aldeas y nunca he encontrado ningún pasadizo en los edificios.

—Ves lo que te dejan ver —repuso el Alcalde—. Hay muchas cosas de Minecraft que aún no comprendes. Pero aprenderás; el Constructor te enseñará.

—¿Y está ahí abajo?

El Alcalde asintió.

—Responderá a tus preguntas y te hablará de tu destino.

—¿De mi qué?

El PNJ señaló la escalerilla e hizo un gesto con la cabeza. La expresión en su cara cuadriculada era de emoción y de miedo.

Gameknight tragó saliva para tratar de disipar el miedo, pero cuanto más intentaba ignorarlo, más lo sentía: el terror le corría por las venas. Se aproximó al pasadizo, puso un pie en la escalerilla y empezó a descender despacio, peldaño a peldaño. Gameknight miró hacia arriba y vio cómo la luz de la entrada se hacía cada vez más y más pequeña a medida que descendía por el vano. Podía ver al Alcalde, que se quedó mirándolo bajar, pero de repente la abertura se oscureció cuando alguien la tapó con una nueva losa, sellando el túnel por la parte superior. Ahora estaba solo.

Gameknight continuó descendiendo por la escalerilla, despacio, con cuidado de no caerse. El final del túnel aún no se distinguía, una caída habría sido mortal. Durante un rato, contó los bloques mientras bajaba, pero perdió la cuenta cuando iba por treinta, así que se puso a contar las antorchas, colocadas de forma que iluminaran el vano con círculos de luz, pero lo suficientemente separadas entre sí como para dejar pequeñas zonas oscuras entre una y otra. Continuó bajando de antorcha en antorcha. Sus manos y sus pies se movían a un ritmo repetitivo que parecían marcar automáticamente, como si tuvieran voluntad propia, y que le permitía dejar vagar la mente. «¿Adónde lleva esto? ¿Quién es el Constructor?» Tenía muchísimas preguntas y necesitaba respuestas desesperadamente, pero la claridad de sus pensamientos parecía nublarse a medida que descendía por la escalerilla, el miedo aumentaba cuanto más bajaba y estaba empezando a embotarle la cabeza.

Por fin, Gameknight vio cómo se materializaba a lo lejos el final de la escalerilla. El pasadizo parecía interrumpir su descenso vertical y continuaba en horizontal. Aumentó el ritmo y llegó abajo en pocos minutos. Contento de abandonar la escalerilla, sintió que el miedo se disipaba un poco. Las escaleras lo ponían nervioso, ya que era una posición desde la que era complicado defenderse. Prefería los espacios abiertos, donde podía ver venir a los enemigos o avistar los blancos a los que abatir con su arco encantado. El arco... Le habría encantado tenerlo en aquel momento. Pero bueno, no tenía sentido andar pensando en algo que no podía tener. Lo había perdido en otro servidor de Minecraft.

Gameknight999 suspiró, se dio la vuelta y se enfrentó a la tarea que tenía por delante: el oscuro túnel horizontal. Volvió a mirar arriba y vio las antorchas que se perdían a lo lejos; en cambio, el final de la escalera estaba sumido en las sombras.

—Menos mal que he traído antorchas —dijo Gameknight en voz alta. El eco de su voz resonó en el vacío.

Buscó en su inventario y vio que solo le quedaban dos antorchas. El resto las había ido colocando por la aldea durante la batalla.

—Bueno, tendré que apañármelas con dos —dijo, esperando que su voz ahuyentara a los espíritus y se llevara el miedo que latía en la parte de atrás de su cabeza.

Gameknight colocó una antorcha en la pared y miró a su alrededor. El túnel estaba excavado en la piedra y no había bloques de tierra a la vista, al menos hasta donde alcanzaba el reducido círculo de luz. Se desplazó hasta el límite de la zona iluminada y colocó la segunda antorcha, y a continuación volvió a donde había anclado la primera y la sacó, quedándose sumido en la oscuridad. Fue corriendo hasta el círculo de luz que tenía delante, pasó de largo hasta donde alcanzaba el resplandor y volvió a colocar la primera antorcha en la pared de roca para que apareciese un segundo círculo luminoso. Así, avanzando y retrocediendo, se desplazó lentamente por el túnel, siempre con una antorcha delante y volviendo a recoger la que dejaba atrás. Gameknight había aprendido hacía mucho tiempo que, en Minecraft, la oscuridad era tu enemiga, porque en la sombra podía haber hoyos, placas de presión o trampas de cuerda... o monstruos.

Avanzaba despacio, dado que tenía que retroceder continuamente para recuperar la antorcha de detrás, pero prefería desplazarse con lentitud y cautela que moverse rápido y acabar muerto. En la oscuridad del túnel, perdió la noción del tiempo mientras pasaba de un círculo de luz al siguiente. Las sombras pasaban por su lado como fantasmas, en continuo movimiento, delante, detrás, delante, detrás. La incertidumbre y el miedo aumentaban a medida que avanzaba por el túnel.

«¿Qué hago aquí? ¿Qué ocurre? ¿Adónde me lleva este túnel?» Las preguntas le bullían en la cabeza, erosionaban su confianza y su paciencia. «Quizá debería darme la vuelta y regresar a la aldea», pensó, pero justo cuando se disponía a volver atrás, empezó a vislumbrar algo a lo lejos. Parecía una especie de recámara, y un resplandor de antorchas proveniente del interior iluminaba el final del túnel. Al ver la luz, a Gameknight le entraron las prisas, pero sabía que precipitarse bajo tierra podía ser peligroso, así que se ciñó a su plan: colocar una antorcha, volver a por la anterior, ponerla delante... «Reproduce el patrón, ve con cuidado y sigue con vida.»

Por fin, Gameknight llegó al final del oscuro túnel. La luz de la cámara se filtraba hasta el pasadizo. Devolvió las antorchas al inventario, desenvainó su espada y se acercó con cautela a la entrada con el cuerpo en tensión, preparado para la batalla. Se asomó a la abertura y le sorprendió ver una gran cámara iluminada por un anillo de antorchas. Las llamas bailaban e inundaban el lugar con un cálido resplandor dorado. En el centro de la cámara había una persona: por la nariz larga y protuberante parecía un PNJ, pero tenía ambos brazos libres y en movimiento, no cruzados sobre el pecho. Parecía un anciano, tenía el cabello canoso y largo hasta la espalda. Sus ojos azules recordaban el cielo de Minecraft, puro y lleno de vida. Vestía un largo blusón negro casi hasta el suelo, con una ancha franja gris que iba desde el cuello hasta el dobladillo, bajo la cual asomaban unos pies cuadrados. Por extraño que parezca, estaba tarareando una cancioncilla de forma totalmente despreocupada.

—Vaya, qué interesante... —dijo el anciano con voz áspera.

—¿Qué...? ¿Dónde estoy?

—Estás bajo tierra. Creía que a estas alturas ya te habrías dado cuenta —contestó el PNJ en tono sarcástico.

—Ya sé que estoy bajo tierra —repuso Gameknight con voz agitada—. ¿Qué es este lugar? ¿Quién eres? ¿Por qué estoy aquí? ¿Qué está pasando?

—Espera, espera. —El anciano fijó la mirada sobre la cabeza de Gameknight, como si estuviese leyendo algo, y luego continuó—. Gameknight999, ese es tu nombre, ¿no? Responderé a todas tus preguntas a su debido tiempo.

—¿Cómo sabes mi nombre?

—Lo tienes escrito y flotando sobre tu cabeza, como todos los usuarios —explicó—. Solo hay que leerlo.

Gameknight levantó la cabeza buscando las letras, pero no veía nada.

—Tú no puedes verlo, claro, pero todos los demás sí —dijo el anciano—. Veo que no te enteras. ¿Sabes por qué estás aquí, por qué eres distinto a los demás usuarios?

—¿Por qué soy distinto? —preguntó Gameknight. Su voz denotaba frustración—. ¿Qué está pasando? He venido a esta aldea a buscar respuestas, pero lo único que encuentro son más preguntas. ¿Qué me ocurre, por qué estoy aquí? —Su voz se fue apagando y perdiendo fuelle, quedándose casi en una súplica—. Ayúdame, por favor.

Gameknight bajó la cabeza y miró al suelo, frustrado y derrotado a la vez.

—Paciencia, Gameknight, tendrás respuestas para todo a su debido tiempo, pero primero deja que me presente. Soy el Constructor —dijo, con orgullo—. Soy el ser más anciano de este mundo.

—¿El Constructor?

—Sí, el Constructor —explicó—. Verás, los «PNJ», como vosotros nos llamáis, tomamos nuestros nombres de las tareas que llevamos a cabo. Creo que arriba has conocido al Alcalde, y también que has tenido un encontronazo con Excavador.

Gameknight asintió, invadido por un sentimiento de culpa por el dolor que había provocado al permitir la muerte de la mujer de Excavador por su propio egoísmo y su vandalismo.

—Veo que estás arrepentido, pero no debes obsesionarte con el pasado. Necesitamos que te concentres en el presente —explicó el Constructor—. Las cosas ahora son distintas, y tenemos mucho que hacer antes de que la batalla final llame a nuestra puerta.

—¿Cómo?

El Constructor levantó las manos para acallar las preguntas de Gameknight y prosiguió.

—Primero déjame que te explique por qué eres distinto. A ver, todos los usuarios tienen un nombre que flota sobre sus cabezas. Así está programado Minecraft: los usuarios están conectados a sus servidores a través del hilo de comunicación. Los PNJ podemos ver ese hilo. Es como una hebra plateada que se eleva hacia el cielo. Lo has visto, ¿no?

Gameknight asintió. Recordó a los griefers de la aldea y el hilo largo y reluciente que salía de la cabeza de cada uno.

—Los usuarios no pueden ver el hilo del servidor, pero nosotros sí podemos... Y, al parecer, tú también puedes. Eso es interesante, pero lo más interesante es que tú no tienes hilo. Es como si estuvieras desconectado por completo del servidor y formases parte de este mundo, aunque tienes un nombre flotando sobre la cabeza, como un usuario.

—«Usuario-no-usuario», así me llamó el enderman —explicó Gameknight.

—Ah, los enderman. Sí, ellos siguen la profecía al pie de la letra; siempre están buscando al elegido. Te buscan... y te han encontrado.

—La profecía... —repitió Gameknight—. El Alcalde dijo algo sobre eso en la aldea.

—Sí, la profecía es conocida por todas las criaturas de Minecraft, desde el cerdo más inmundo, pasando por los aldeanos de todas partes y hasta el más poderoso de los enderman. La profecía está escrita en el software que controla este y todos los mundos de Minecraft. Dice así: «La aparición de un usuario-no-usuario desencadenará la batalla final por la Fuente y por la vida. Si el usuario-no-usuario fracasa en su misión...». Ese, según parece, eres tú...

—Ya, eso he supuesto.

—Déjame acabar. «...Si el usuario-no-usuario fracasa en su misión, se extinguirá la vida en todo el mundo virtual. La Puerta de la Luz se abrirá para dejar que los enemigos y todo su odio y su desprecio por los seres vivos accedan al mundo analógico, donde sembrarán la muerte y la destrucción hasta que se extinga toda la vida conocida».

El Constructor se quedó en silencio y dejó que las palabras calaran en Gameknight. El peso de la profecía y la responsabilidad eran como un telón plomizo que lo aplastaba lentamente.

—Pero sigo sin entender nada. ¿Qué es la Fuente? —preguntó Gameknight.

—Te lo explicaré —comenzó el Constructor—. Todos los mundos de Minecraft están organizados en servidores, y los servidores se reparten en planos de existencia electrónica. Los que se usan con más frecuencia están más cerca de la cima de la pirámide de planos, y los servidores individuales con pocos jugadores se sitúan en la base. La Fuente es el servidor que está más arriba y es desde donde se supervisan los demás. Este servidor controla todos los demás, maneja la logística, las actualizaciones de software para arreglar los bugs más catastróficos, etcétera. La Fuente mantiene en funcionamiento al resto de los servidores, y sin ella todos dejarían de funcionar y se destruiría toda la vida virtual que contienen.

—O sea, los PNJ.

—Sí, los PNJ, pero también los enemigos, los animales, las plantas. Todo —explicó el Constructor.

—Pero solo sois un programa informático —objetó Gameknight—. No estáis vivos. No te lo tomes a mal.

—Empezamos siendo un programa informático, pero a medida que Minecraft crecía en complejidad y sofisticación, el sistema operativo desarrolló una serie de particularidades desconocidas para los programadores y desarrolladores que hicieron que tomásemos conciencia de nosotros mismos y nos volvimos sensibles.

Gracias a todas las definiciones generadas por los usuarios estamos vivos, aunque solo existamos en el mundo virtual.

—¿Y los usuarios no lo saben?

El Constructor negó con la cabeza.

—Tenemos prohibido decírselo. Es parte de nuestra programación.

—Pero cuando llegan a vuestras aldeas y lo destrozan todo o matan a los aldeanos por diversión… —Gameknight se detuvo, recordando las innumerables aldeas que había arrasado por puro entretenimiento. Bajó la cabeza en señal de vergüenza—. No tenía ni idea —concluyó, solemne.

—Ya lo sabemos.

—Pero ¿y los monstruos, por qué atacan las aldeas? —preguntó Gameknight—. Ellos sí sabrán que estáis vivos.

—Claro que lo saben, por eso nos atacan. Te lo explicaré mientras caminamos.

El Constructor se movió e hizo que Gameknight lo siguiera hasta el otro extremo de la cámara. Abrió una puerta de madera que conducía a un túnel iluminado de al menos cuatro bloques de ancho y seis de alto.

—Los monstruos tienen su propia profecía. Creen que pueden salir del mundo virtual y transportarse al mundo de los usuarios.

—Eso no tiene sentido —repuso Gameknight—. ¿Cómo van a hacer eso?

—No lo sabemos, pero ellos creen que podrán acceder a través de la Puerta de la Luz que se menciona en la profecía, sea lo que sea eso. Lo único que sabemos es que, según su profecía, cuando aparezca el «usuario-no-usuario» se revelará también su camino hacia el mundo analógico. Quizá puedan pasar al otro mundo de la misma forma que tú pasaste a este.

«El digitalizador de mi padre», pensó Gameknight. Imaginó que un montón de zombis, esqueletos, creepers y enderman salían de su sótano, mataban a su familia y después se expandían poco a poco por toda la ciudad, por todo el estado, por... El pensamiento lo aterrorizó. Visualizó a su hermana pequeña enfrentándose a un zombi que la atacaba con sus terribles garras... un zarpazo, otro zarpazo... Un escalofrío le recorrió la espalda. Si había aunque fuera una remota posibilidad de que aquella pesadilla se convirtiera en realidad, tenía que hacer algo para proteger a su hermana, a su familia, a todo el mundo.

—Pero para conseguir acceder al mundo real, primero tienen que destruir la Fuente —explicó el Constructor.

—¿Pero cómo van a destruir la Fuente si está en lo alto de la pirámide de servidores? —preguntó Gameknight—. Probablemente estemos en otro servidor, no en el que genera todo el código que hace funcionar a los demás. Seguro que este servidor no es el que tiene alojada la Fuente.

Llegaron al final del túnel, donde una puerta de hierro les cortaba el paso. El Constructor llamó a la puerta con el puño. Gameknight oyó pasos al otro lado, muchos pasos que se acercaban. Un minuto después, la puerta de hierro se abrió lentamente; los goznes oxidados emitieron crujidos quejumbrosos. Al otro lado de la puerta había muchos PNJ, unos veinte, todos ataviados con armaduras de hierro, listos para la batalla, pero con los brazos cruzados sobre el pecho. El Constructor se situó delante de Gameknight y levantó la mano. Los PNJ retrocedieron y les dejaron paso a ambos.

La puerta daba acceso a una cámara gigante con cientos de PNJ sentados a sus mesas de trabajo, todos construyendo cosas a un ritmo furibundo: uno hacía tablas de madera, otro vagonetas, otro vías, otro... Todo lo que Gameknight999 podía imaginar estaba siendo construido en aquella inmensa gruta. La cacofonía generada por toda aquella actividad era casi insoportable, como mil martillos golpeando con fuerza, todos a una. Al principio, Gameknight tuvo que taparse los oídos, sorprendido por el estrépito y el ruido, pero luego bajó las manos y miró a su alrededor maravillado. Una compleja red de vías horadaba la gruta, y por cada una se transportaban montones de mesas de trabajo y cofres de almacenamiento, tejiendo un complicado patrón formado por puentes y pasos a nivel. Algunas vías estaban suspendidas en el aire sin nada que las sostuviera. Era obvio que el sistema de vías estaba desarrollado para que los constructores pudieran acceder a los distintos niveles y cada PNJ pudiera colocar sus materiales en las vagonetas.

Y eso es lo que hacían: construir cosas. A continuación las depositaban en una vagoneta, volvían a ponerse manos a la obra y depositaban sus creaciones en otra vagoneta. Una vez que las vagonetas estaban llenas, las empujaban por los raíles, que descendían por túneles oscuros hacia destinos desconocidos. A Gameknight le pareció un caos muy bien organizado, con tanta actividad que no sabía a dónde mirar.

—¿Qué es todo esto? —preguntó Gameknight, maravillado.

—Todo a su debido tiempo —contestó el Constructor—. Pero volviendo a tu pregunta, ¿por qué nos atacan los monstruos y cómo piensan llegar a la Fuente? En realidad, ya sabes la mitad de la respuesta.

El Constructor enfiló el camino que seguía el muro de la gruta, que bajaba en cuesta al lado de la roca. El grupo de guerreros que había abierto la puerta de hierro los seguía de cerca, preparados para proteger al

Constructor si era necesario, aunque la única arma que tenían era interponerse entre él y los enemigos y así ralentizar el ataque y que el PNJ anciano tuviese tiempo de escapar.

—Cuando matas recibes PE, ¿verdad?

Gameknight asintió.

—Si acumulas la cantidad suficiente de PE, puedes pasar al siguiente servidor, es decir, un plano más cerca de la Fuente. Los monstruos lo saben, y nos atacan por nuestros PE —explicó el Constructor—. Es para lo que están programados. —Se detuvo y se giró para mirar a Gameknight—. Esta batalla lleva librándose cientos de años en el tiempo de los servidores: los monstruos nos atacan por las noches y los PNJ se esconden en sus hogares, aterrorizados. Ha sido así durante toda la historia de Minecraft. Sin embargo, últimamente algo ha cambiado. La agresividad de los monstruos es cada vez mayor y cada vez hay más en nuestro servidor. Creo que han arrasado todos los servidores que había por debajo de nosotros y todos los monstruos están ahora en este, trepando poco a poco por los planos de servidores. Pronto habrá demasiados monstruos como para sobrevivir. Al final, destruirán a todos los PNJ de este servidor y conseguirán suficientes PE para pasar al siguiente plano, y no podemos hacer nada para evitarlo, o no podíamos hasta ahora.

—¿Hasta ahora? —preguntó Gameknight, confuso—. ¿Qué ha cambiado ahora?

—Tú.

—¿Cómo?

—Ha llegado el Usuario-no-usuario. Tú nos salvarás.

—Constructor, ¿por qué necesitáis que os salve? —preguntó Gameknight—. ¿Por qué no lucháis contra ellos?

—No estamos programados para luchar —le explicó el Constructor—. Ya has visto nuestros brazos, los tenemos unidos y cruzados sobre el pecho. Estamos programados así, no podemos usar los brazos.

—Pero en esta gruta he visto PNJ con las manos libres —dijo Gameknight mientras miraba alrededor. En efecto, muchos de ellos tenían los brazos libres y movían las manos sin parar mientras trabajaban.

—Sí, es cierto, pero solo tienen las manos libres mientras trabajan. Cuando paran, sus brazos vuelven a la posición en la que están programados, cruzados sobre el pecho.

Gameknight miró alrededor de nuevo y vio a varios PNJ delante de las mesas de trabajo, quietos y con los brazos inútilmente cruzados sobre el pecho.

—Los aldeanos solo pueden usar las manos si los habilito para la construcción. Eso es para lo que estoy programado, permito que otros PNJ puedan construir cosas. Así que, como te decía, no tenemos la capacidad de defendernos cuando nos atacan. Solo podemos escondernos y esperar a que amanezca.

—Entonces, ¿queréis que luche yo por todos vosotros? —preguntó Gameknight—. No puedo enfrentarme a todos esos monstruos, ni mucho menos si vienen más.

—La batalla final se acerca. El Usuario-no-usuario debe guiarnos —dijo el Constructor en voz alta para que lo escuchasen en toda la estancia.

La gruta se sumió en un silencio absoluto, el trabajo se detuvo. Gameknight observó cómo los PNJ se alejaban de las mesas de trabajo con los brazos instantáneamente pegados al pecho y las manos unidas en el centro, lo que hacía que las mangas se convirtieran en una sola.

—Pero no puedo —protestó Gameknight—. Seguro que los aldeanos me odian por lo que he hecho en el pasado, como Excavador.

—¡El Usuario-no-usuario tiene que guiarnos! —gritó el Constructor, más alto esta vez.

—Pero ¿cómo? No puedo enfrentarme a todos esos monstruos yo solo. Soy solo una persona —dijo Gameknight, frustrándose por momentos.

—¡¡¡El Usuario-no-usuario tiene que guiarnos!!! —repitió el Constructor. Otras voces en la gruta se unieron al grito de guerra.

Gameknight se quedó callado sopesando aquel rompecabezas. ¿Cómo podía ayudar a aquella pobre gente? Era imposible. Tenía que pensar. En silencio, observó cómo uno de los PNJ empezaba a construir y a meter los materiales en una vagoneta. El repiqueteo de las herramientas resonaba dentro de su cráneo como si estuviesen martilleándole la cabeza y le impedía pensar. Gameknight sacó el pico y esprintó hasta donde estaba el trabajador. Lo blandió con todas sus fuerzas y golpeó la mesa de trabajo, rompiéndola en pedazos mientras el PNJ seguía construyendo cosas. Al ver la mesa destrozada, el trabajador retrocedió sorprendido, con el martillo aún en la mano. La mano… El trabajador tenía las manos libres. No se había alejado de la mesa de trabajo, sino que Gameknight la había roto mientras construía.

—¡Las manos! —gritó Gameknight—. ¡Mira, tiene las manos libres!

El Constructor se acercó al trabajador y lo miró con atención. Todos los ojos en la gruta iban de Gameknight al trabajador y a sus manos nuevas. Gameknight se acercó y le pasó al trabajador su espada de hierro. Este tiró el martillo y cogió la espada al vuelo. La sostuvo sobre su cabeza con una mirada emocionada.

El Constructor dejó de mirarlo y se volvió hacia Gameknight. Asintió. El Usuario-no-usuario asintió también.

—¡¡El Usuario-no-usuario nos guiará!! —gritó el Constructor. Toda la caverna irrumpió en vítores.

CAPÍTULO 8

SHAWNY

Los trabajadores volvieron a ponerse manos a la obra después de acercarse uno a uno y golpear cariñosamente a Gameknight con los hombros, como si chocaran los cinco con el cuerpo entero.

—¿Y qué es lo que están construyendo? —preguntó Gameknight.

—Construyen vías para las vagonetas, vigas de madera para sostener los túneles, cofres y objetos para guardar dentro —explicó el Constructor—. ¿Nunca te has fijado en que a veces hay objetos dentro de los cofres que encuentras en Minecraft?

Asintió con la cabeza.

—Esa es una de nuestras tareas: colocar objetos en los cofres para los usuarios. También equipamos con objetos los templos en las junglas y las mazmorras subterráneas que se encuentran a veces. Pero probablemente lo más importante que hacemos es forzar al programa que controla nuestro mundo de Minecraft a crear cosas antes de que lleguen los usuarios.

—¿Cómo? —preguntó Gameknight—. No lo entiendo.

El Constructor se acercó a inspeccionar una vía que estaba construyendo uno de los PNJ. Examinó con atención todas las piezas que había depositado en la vagoneta y luego la empujó por la vía hacia un túnel oscuro. Después volvió con Gameknight999.

—¿Nunca te has fijado en lo deprisa que se genera el mundo cuando te alejas del punto de aparición? Bien, pues eso no es casualidad. El mundo se genera deprisa porque ya está creado de antemano; nosotros hemos estado ahí antes. Tenemos millones de vías por todo este mundo, ubicadas en túneles subterráneos invisibles para los usuarios. Los PNJ a los que llamamos «conductores» viajan a todos los rincones del mundo en las vagonetas y obligan al software a crear terreno nuevo para que esté listo para los usuarios. Este es nuestro cometido principal en Minecraft.

—¿Vías subterráneas? —inquirió Gameknight—. ¿Por qué nunca he visto esas vías?

—Seguro que las has visto, pero solo los tramos abandonados; esas son las secciones de las vías que han dejado de ser invisibles para los usuarios. Cuando una sección de una vía se hace visible para los usuarios, la eliminamos enseguida del sistema principal y construimos un camino alternativo. Los usuarios que encuentran estas secciones las llaman «minas abandonadas». Es lo que son: vías abandonadas que nosotros colocamos ahí. Además, solemos dejar un par de cofres con objetos dentro para entretener a los usuarios. Pero las vías en funcionamiento no son visibles para los usuarios, son solo para nosotros.

Gameknight asintió con la cabeza. Había visto muchas de esas minas abandonadas y jamás se había planteado por qué estaban ahí, por qué habían aparecido de la nada y no llevaban a ningún sitio. Ahora todo cobraba sentido.

—O sea, ¿que tenéis vías que recorren todo Minecraft? —preguntó.

El Constructor asintió, y después se acercó a otro puesto de trabajo donde un PNJ estaba construyendo listones de madera. La vagoneta que tenía al lado estaba casi llena de tablas de madera.

—Sí. De hecho, nuestras vías conectan todas las aldeas de Minecraft —explicó el Constructor—. Mantenemos una comunicación constante con ellas. Ahora mismo, ya están al corriente de nuestra batalla y de tu presencia en nuestra aldea. Estoy seguro de que la emoción se ha extendido por todo Minecraft. Solo espero que los monstruos no se enteren. Si lo hacen, caerán sobre nosotros e intentarán destruirte.

—¿Cuándo crees que volverán a atacar los monstruos?

—Es muy posible que nos dejen tranquilos esta noche —explicó el Constructor mientras examinaba una vagoneta llena de cofres—. Generalmente atacan con saña cada dos noches, probablemente porque esperan a que lleguen más monstruos de los servidores inferiores.

—¿Así que tenemos un día para prepararnos?

—Eso es —afirmó el Constructor—. ¿Qué crees que debemos hacer?

—Primero, necesitamos liberar las manos de todos los aldeanos de Minecraft —explicó Gameknight—. Sin manos no se puede pelear. Después necesitamos una estrategia de batalla, y conozco al usuario perfecto para idearla. Pero primero, las manos. —Gameknight se acercó a un montoncito de piedra y se subió encima—. ¡Todo el mundo a trabajar! —gritó.

Bajó de un salto y se acercó, una por una, a todas las mesas de trabajo, rompiéndolas en pedazos con su pico. Los PNJ alejaban las manos de la nube de astillas de madera, ya libres. Todos se miraban las manos maravillados, flexionaban los dedos gruesos y cortos a la altura de los ojos y después miraban a Gameknight con una sonrisa de gratitud.

—Constructor, manda a muchos aldeanos al resto de las ciudades y que corran la voz, que les expliquen cómo liberar las manos. Después tenemos que ponernos a construir armas, sobre todo arcos y flechas, y necesitaremos muchos picos y palas. Construye más mesas de trabajo y que se pongan a trabajar.

El Constructor dio órdenes a los que tenía más cerca y varios PNJ saltaron en vagonetas vacías y se adentraron en los túneles oscuros en distintas direcciones. La gruta se llenó con el ajetreo de la construcción, y pronto los picos y espadas empezaron a alfombrar el suelo.

—Constructor, tengo que volver a la superficie —gritó Gameknight por encima del estrépito de la cueva—. Tengo que pedir ayuda.

—¿Ayuda? —inquirió el Constructor.

—Te lo explicaré cuando tengamos tiempo; ahora vamos a contrarreloj. Si no estamos listos para el próximo ataque, nos destruirán. Vamos.

Gameknight y el Constructor subieron la escalera y volvieron a la estancia donde se habían visto por primera vez. Gameknight esprintó por el túnel largo y oscuro hasta que alcanzó la escalerilla que llevaba a la superficie. Subió a toda prisa y salió, con el Constructor detrás. Alguien los había oído subir, porque el bloque que sellaba la entrada del vano estaba roto antes de que llegaran arriba, y el rostro del Alcalde asomaba por la abertura; la luz enmarcaba su cabeza cuadrada. Gameknight llegó hasta arriba, salió del túnel y se detuvo junto a la entrada.

—Espero que hayas conocido al Constructor —dijo el Alcalde, pero se calló al ver al mismísimo Constructor salir del túnel detrás de Gameknight—. ¿Qué está pasando? Constructor, nunca te había visto en la superficie. Es peligroso, tienes que volver bajo tierra.

—No te preocupes, Alcalde, estaré bien —dijo el Constructor.

Dos trabajadores salieron del hueco, cada uno con una mesa de trabajo.

—Liberadlos a todos —ordenó Gameknight—. Todos los aldeanos tienen que estar preparados.

—¿Preparados? —preguntó el Alcalde—. ¿Preparados para qué?

—Para la batalla —contestó el Constructor con un destello en la mirada.

—Vale, necesito un momento en privado —les dijo Gameknight al Constructor y al Alcalde.

—Puedes usar la habitación trasera —ofreció el Constructor—. Construiré una puerta tras de ti.

—Excelente.

Gameknight se dirigió a la minúscula habitación anexionada a la torre. De repente, apareció una puerta de madera y se quedó allí encerrado.

—Espero que estés ahí —dijo Gameknight para sí—. Y espero saber hacer esto.

Gameknight999 cerró los ojos e imaginó que estaba sentado en su ordenador en el sótano, con el teclado inalámbrico delante y el ratón inalámbrico en la mano derecha. Mantuvo los ojos cerrados y se concentró en sus manos; no en las manos cuadradas de sus brazos de Minecraft, sino en sus manos de verdad en el mundo real. Muy despacio, imaginó cómo movía los dedos en el teclado y, totalmente concentrado en sus manos, imaginó que tecleaba.

—Shawny, teletranspórtate hasta aquí.

Esperó… Nada.

Se concentró con más esfuerzo e intentó formar las letras en su cerebro. Imaginó el texto fluyendo hacia afuera, cruzando Minecraft, flotando por miles de pantallas de ordenador.

—Shawny, teletranspórtate hasta aquí.

Nada.

Intentó concentrarse más aún y dirigió todas sus fuerzas y su voluntad a su alma, y lo convirtió todo en un único pensamiento que emitió en todas direcciones. Empujó con todas las fibras de su ser. Sentía cómo sus PS disminuían ligeramente por el esfuerzo.

—SHAWNY, TELETRANSPÓRTATE.

Nada… Solo silencio, un silencio atronador… Hasta que…

—Ok.

Un resplandor brillante empezó a formarse ante sus ojos, y de repente apareció su amigo Shawny. Las letras cuadradas flotaban sobre su cabeza junto a un largo hilo plateado que ascendía hasta perderse en el techo.

—Hola, Gameknight, he estado buscándote —dijo Shawny.

Llevaba su aspecto preferido, un traje de guerrero ninja rojo y negro con franjas rojo vivo en los brazos y una máscara negra que le cubría el rostro. En el pecho lucía un dibujo rojo sangre. Parecía que acabase de salir de una batalla y que la sangre del enemigo caído le hubiese manchado el pecho y la espalda.

Gameknight dejó escapar un suspiro gigante de alivio.

—¿Qué?

—Gracias por venir —dijo Gameknight, y extendió la mano cuadrada y la apoyó en el hombro de su amigo—. Tengo un pequeño problema.

—Ya me imaginaba —repuso Shawny—. La gente está bastante cabreada por el tema de la partida JcJ por equipos que troleaste. Algunos dicen que te van a banear de sus servidores.

—Eso ahora da igual —le cortó Gameknight—. Estamos todos en peligro. Todo Minecraft está en peligro.

—¿Se puede saber de qué hablas?

—¿Te acuerdas del último invento de mi padre?

—¿La… movida digital esa?

—Eso es, el digitalizador —explicó Gameknight—. Bueno, pues resulta que me disparé con él por accidente y ahora estoy en Minecraft de verdad, no solo conectado, sino dentro del juego.

—¿Cómo?

—Shawny, siento cada uno de los golpes, oigo a los animales cuando los matan, puedo tocar las plantas, las paredes, a las personas con mis propias manos. Vivo dentro del juego.

—Eso es imposible —objetó Shawny—. No puedes estar dentro del juego.

—Eso mismo pensé yo, pero el dolor que siento cuando me golpean es real, noto los PE cuando los recojo, el sol me calienta la piel… Todo es de verdad, sobre todo el miedo cuando me enfrento a los monstruos.

—Pues cierra sesión, o deja que te maten para volver al punto de aparición o que te expulsen del servidor.

—Creo que no funciona así —repuso Gameknight mientras se acercaba a una ventana y miraba al exterior. Vio a varios aldeanos en fila delante de una mesa de trabajo; uno de los PNJ de la gruta les liberaba las manos—. No sé qué pasará si me matan, puede que reaparezca, que me expulsen del servidor… o que muera de verdad. No lo sé y me da miedo averiguarlo.

—Puedo ir a tu casa y apagar tu ordenador —propuso Shawny. Su voz denotaba aprensión ahora que sabía la verdad.

—No hay tiempo —le interrumpió Gameknight—. El digitalizador sigue encendido. Si los monstruos arrasan este servidor y pasan al siguiente plano, y luego al siguiente, y al siguiente, accederán a nuestro mundo, al mundo analógico.

—¿Qué?

Gameknight le explicó lo que el Constructor le había contado sobre los planos de servidores, la Fuente y el peligro que corría su mundo. Su amigo no le creyó, no se creía nada de aquella historia.

—Ven, te lo voy a demostrar —dijo Gameknight, muy serio.

Abrió la puerta y condujo a su amigo fuera del edificio, al centro de la aldea. El pánico cundió entre los aldeanos cuando vieron a Shawny. Echaron a correr cada uno en una dirección, y muchos se refugiaron en sus hogares. Solo se quedaron el Constructor y el Alcalde.

—Mira, este es el Alcalde —los presentó Gameknight—. Gobierna la aldea y se encarga de mantener la seguridad. Alcalde, este es mi amigo, posiblemente mi único amigo, Shawny. Di hola.

El Alcalde se quedó en silencio con los brazos aún cruzados sobre el pecho, todavía conectados. Sus ojos brillaban a la luz del sol.

—Y este es el Constructor. Vive bajo tierra y dirige a los trabajadores, que construyen objetos para...

—Los aldeanos no construyen cosas —le interrumpió Shawny—. Todo el mundo lo sabe.

—No los vemos, pero sí que lo hacen. Constructor, Alcalde, decid algo... lo que sea.

Los dos PNJ siguieron en silencio. Los entrecejos de ambos dibujaban una línea recta sobre sus ojos preocupados.

—¡¡¡Decid algo!!! —gritó Gameknight—. Shawny es vuestra única esperanza. Es un experto estratega y constructor. Puede ayudarnos a fortificar la aldea... Mejor aún, todas las aldeas. Puede detener la matanza que se avecina. —Se giró hacia el Alcalde y continuó—.

Alcalde, si quieres proteger tu aldea tienes que hablar con Shawny; si no, todo estará perdido.

Silencio.

—Es vuestra última oportunidad —los retó—. Si no habláis con él, no puedo ayudaros. Tendré que irme e intentar encontrar el camino de vuelta a mi mundo sin la ayuda de ninguno de vosotros.

Los aldeanos empezaron a salir de sus casas para escuchar. El miedo que les causaba el nuevo usuario había remitido un poco.

—¿Y bien? —preguntó Gameknight al Alcalde y a todo el mundo—. No me dejáis elección. Venga, Shawny, nos vamos.

—Está prohibido —dijo una voz joven entre la multitud.

—¿Qué ha sido eso? —preguntó Shawny.

—Está prohibido hablar con los usuarios —dijo la voz. Era una niña pequeña que asomaba la cabeza por detrás de las piernas de su padre.

—¿Ha hablado? —dijo Shawny, atónito.

—Calla, hija —dijo su padre muy serio—. Esto es asunto del Constructor y del Alcalde, no de la hija de un granjero.

—Pero padre, el Usuario-no-usuario se va a ir. No podemos dejar que se marche, o moriremos todos.

Un murmullo se extendió por la multitud. Los aldeanos dieron un paso adelante con la preocupación pintada en el rostro.

—¿Y bien? —preguntó Gameknight a su amigo.

—A lo mejor hay que romper alguna norma de vez en cuando —dijo el Constructor al Alcalde. Su pelo largo y gris flotaba con la brisa que soplaba en la llanura.

El Alcalde asintió.

—Gameknight999 tiene mucha experiencia en eso de romper las reglas, ¿no? —dijo Shawny con una sonrisa.

—Bueno…

—Todo lo que te ha contado tu amigo es cierto —dijo el Alcalde con gesto serio—. No podemos hablar con los usuarios, pero son días críticos, y tengo miedo de que anochezca para siempre en nuestro mundo si no nos ayudáis. Por favor, ayudadnos.

Shawny sopesó todo lo que acababa de escuchar y reflexionó. «Esto es un juego, no es real. ¿Cómo va a ser real?»

—Sé lo que estás pensando —dijo Gameknight—, porque yo pensé lo mismo, pero para ellos no es un juego, es su vida. Se trata de su propia existencia, sus rutinas, sus sueños y anhelos. Sufren cuando muere un ser querido —divisó a Excavador a lo lejos y apartó la vista rápidamente—, sienten el dolor y el miedo, como nosotros. Su mundo está hecho de bits, de señales electrónicas que viajan a través de circuitos y chips, pero es real, y tenemos que ayudarles. Si no lo hacemos, puede que nuestro mundo corra peligro después. No podemos permitirlo, tenemos que luchar. ¿Estás con nosotros?

Shawny miró a Gameknight y después observó a los aldeanos. Veía el miedo en sus rostros, los padres y las madres rodeaban con sus brazos —ya libres— a sus hijos, posiblemente por primera vez. Se giró y miró el rostro arrugado por los años y la sabiduría del Constructor, y después a la valiente niña que había hablado. En sus ojos destellaba el coraje mientras le sostenía la mirada. ¿Cómo iba a negarse?

—Contad conmigo —dijo en voz alta para que pudieran oírlo todos.

La aldea entera estalló en vítores.

—Esto es lo que vamos a hacer —dijo Shawny dirigiéndose a Gameknight, al Constructor y al Alcalde, y les explicó su plan.

CAPÍTULO 9

LOS PREPARATIVOS

Shawny trabajaba deprisa, trazando los planes para la estrategia de defensa. No solo iban a construir murallas y fosos en la aldea, también pondrían trampas para los monstruos desprevenidos, zonas de fuego cruzado para arqueros y embudos donde uno o dos guerreros pudieran cortarle el paso a las hordas de enemigos. La especialidad de Shawny era la estrategia. Era famoso por los increíbles castillos que construía, casi inexpugnables, y por abandonarlos después en cualquier servidor para construir una obra de arte de la estrategia aún mejor en otro sitio. Así que se pusieron manos a la obra, a lo largo de todo el día y durante la noche. Con las manos liberadas, los aldeanos trabajaban con tenacidad, y hasta los niños más pequeños construían a toda velocidad. Todos sabían que sus vidas pendían de un hilo entre la supervivencia y la destrucción.

Por suerte, aquella noche apenas acudieron monstruos a la ciudad, lo que corroboraba la predicción del Constructor de que el ataque principal sería la noche siguiente. Solo se acercaron unos cuantos zombis que Gameknight despachó sin dificultad mientras vigilaba el perímetro para proteger a sus trabajadores, a su aldea. Era el Usuario-no-usuario y se sentía responsable, no solo por aquella batalla y por la aldea, sino por todos los actos vandálicos que había cometido en el pasado y todas las veces que había tratado mal a aquellos seres virtuales. Tenía que redimirse de alguna forma.

Siguieron trabajando durante toda la noche y el día siguiente; construyeron muros de tierra, torres de piedra para los arqueros, trincheras con agua y vallas de madera, todo estratégicamente ubicado. A continuación, excavaron túneles subterráneos para conectar unas casas con otras a modo de vías de escape en caso de que un zombi derribara alguna de las puertas de madera. Los PNJ seguían al pie de la letra las órdenes de Shawny, aunque a veces no entendían por qué tenían que excavar hoyos como para comenzar un túnel pero que después terminaban de forma abrupta.

—Son aspilleras —respondió Shawny a preguntas de los aldeanos—. Lo entenderéis cuando llegue el momento.

A medida que construían el sistema de defensa, el Constructor enviaba aldeanos en vagoneta a que llevaran los planes defensivos a otras aldeas en Minecraft. No se trataba de una batalla en aquella aldea, era una batalla por todas las aldeas. Shawny quería que los monstruos no consiguieran ninguna víctima para que su sed de PE creciera y se magnificara.

—¿Por qué quieres que necesiten más PE? —preguntó el Alcalde—. Eso solo los hará más violentos, más agresivos.

—Tienes razón —contestó Shawny mientras dirigía la construcción de las murallas, que en algunos puntos solo debían tener un bloque de grosor—, pero un adversario furioso puede ser fácilmente manipulado y empujado a una posición favorable para ti y letal para él. Necesitamos reunir a todos los monstruos de este servidor en un mismo punto donde podamos atraparlos. La única forma de hacerlo es evitando que consigan

PE en el resto de aldeas y ponerlos a su disposición en el lugar que nosotros elijamos. Así, les tenderemos una trampa y nos libraremos de todos a la vez. Pero primero tenemos que sobrevivir a esta noche.

La aldea cambió lentamente de aspecto a lo largo del día, pasando de ser una pacífica colección de edificios agrupados en torno a campos de cosechas a un montón de murallas y torres que rodeaban la comunidad, algunas para mantener a los monstruos fuera y otras para mantenerlos a ellos dentro. Gameknight subió a la torre más alta, recién construida. La aguja de piedra se elevaba al menos cuarenta bloques en el aire y proporcionaba una vista clara de los alrededores. Detectó movimiento en la linde del bosque. Algo se movía en las sombras. Parecía un enderman, pero era distinto a los demás, rojo muy, muy oscuro, como el tono de la sangre al amanecer o el color de una pesadilla. Se teletransportó desde la linde del bosque hasta la llanura a la vista de todos. Una nube de partículas moradas envolvía a la oscura criatura.

Gameknight bajó por la escalerilla hasta el suelo y atravesó corriendo las puertas abiertas que ahora protegían la aldea, listo para enfrentarse a su enemigo. Rodeó obstáculos y trampas y dejó atrás las murallas de la aldea y se situó en campo abierto para que el enderman viese que estaba esperándolo. Pero el enderman no se acercó a él. Se quedó mirándolo y se teletransportó a otro lugar de la aldea, y después a otro, y luego a otro distinto. Solo miraba y vigilaba los preparativos.

De repente, Gameknight notó una presencia a su lado. Pegó un respingo y desenvainó su espada en un único movimiento, listo para pelear mientras se giraba hacia el nuevo enemigo.

—Baja la espada, Gameknight, soy yo —dijo una voz ajada y áspera. Era el Constructor.

—Me has asustado —dijo mientras envainaba de nuevo la espada de hierro. Se alejó del Constructor y volvió a mirar al enderman—. ¿Quién es?

—Es el líder de los enderman —dijo el Constructor—. Se hace llamar Erebus.

—¿Y se puede saber qué hace?

Erebus desapareció en una nube de chispas moradas brillantes y reapareció al otro lado de la aldea. A continuación, se trasladó a otro punto y luego a otro. Observaba las defensas desde todos los ángulos.

—Probablemente esté estudiando nuestras defensas —explicó el Constructor, con cuidado de no mirar directamente al monstruo por miedo a provocarlo.

En ese momento, llegó Shawny.

—Shawny, el enderman está analizando nuestras defensas —dijo Gameknight, antes de volver a girarse hacia el Constructor—. ¿Cómo dices que se llama?

—Erebus.

—Eso, Erebus —prosiguió, dirigiéndose a su amigo—. Está estudiando dónde son más estrechas las murallas, dónde están los puntos débiles. Tenemos que reforzar las defensas en algunos de esos puntos.

—No te preocupes, Gameknight —repuso Shawny—. Quiero que vea los puntos débiles.

—No lo entiendo.

—Yo tampoco —dijo el Constructor—. ¿No necesitamos reforzar todo el perímetro de la aldea?

—Se avecina una avalancha, amigos —dijo Shawny con un destello de confianza en la voz—. No podemos quedarnos quietos, o nos sepultará. Lo que tenemos que hacer es redirigir el alud a donde nosotros queremos y estar preparados. Todo está saliendo según lo previsto; estamos preparados.

—¿Y qué ocurre con las otras aldeas? —preguntó Gameknight.

—Hemos enviado instrucciones a través de la red de vías —dijo el Constructor—. Las otras aldeas están tan preparadas como nosotros. Esta noche viviremos nuestra mayor victoria o presenciaremos el fin de este servidor y de todas las criaturas que lo habitan.

Gameknight le puso la mano en el hombro al PNJ para tranquilizarlo.

—Todo irá bien, Constructor —dijo Gameknight, tratando de sonar seguro—. Acabe como acabe esto, nuestra resistencia será legendaria.

—Y será pronto —añadió Shawny apuntando con el dedo al sol.

El disco amarillo y cuadrado del sol empezaba a desaparecer tras el horizonte mientras el cielo se tornaba de un rojo oscuro. Las nubes cuadradas refulgían para después diluirse en la oscuridad a medida que descendía el sol. El cielo se fue llenando de estrellas.

—Deprisa, volvamos dentro de las murallas —ordenó Shawny.

Los tres corrieron de vuelta hacia la aldea y cruzaron el puente de madera sobre el foso que la rodeaba. Cuando hubieron cruzado, Shawny rompió los bloques de madera y el agua los arrastró. Franquearon las puertas de hierro de la aldea y se encontraron con un mar de rostros asustados que los miraban. El cielo se oscureció y las estrellas empezaron a brillar a medida que los defensores se ubicaban en sus puestos.

—¡Ahí vienen! —gritó alguien desde la torre más alta.

Gameknight subió a lo alto de la muralla de tierra. Distinguía formas que se movían entre los árboles: formas oscuras, formas furiosas. Las antorchas que habían colocado junto a la linde del bosque le permitían ver a los monstruos cuando pasaban junto al círculo de luz que iluminaba el suelo. Al principio, solo salieron unos pocos monstruos de la oscuridad del bosque, pero enseguida empezaron a aparecer más. Una marabunta de monstruos recorría el paisaje como un alud imparable.

—¡Acordaos de no disparar a los enderman! —gritó Gameknight a la línea de defensa—. Si no los provocamos, no podrán participar en la batalla, así que, arqueros, apuntad bien.

Recorrió la aldea con la mirada. Los PNJ lo miraban como si fuese un héroe. «Vaya tela, Gameknight999 un héroe.» Era cualquier cosa menos un héroe; era un jugón que siempre había hecho las cosas por su propio beneficio, solo para sí mismo. Su único amigo, Shawny, estaba junto a él. La responsabilidad que sentía pesaba un millón de toneladas, todas aquellas vidas dependían de él. «Esto es una locura.»

No sabía si aquello era de verdad, si era un sueño o era real, pero estaba allí, en aquel momento, y por primera vez iba a intentar ayudar a otros, a aquellos PNJ... no, a aquella gente. Lucharía para salvarlos y moriría en el intento si era necesario. Un escalofrío le recorrió la espalda; se le puso la piel de gallina. Estaba listo.

—¡Que todo el mundo mantenga su posición sin miedo! —gritó Gameknight a los aldeanos—. ¡Esta es vuestra aldea y este es vuestro servidor! No dejaremos que esos monstruos os lo arrebaten. —Levantó su espada y encaró a los monstruos que se acercaban—. Venga, vamos a bailar.

CAPÍTULO 10

UNA SORPRESA PARA LOS MONSTRUOS

En lugar de precipitarse todos a una hacia la aldea, los monstruos acudieron en oleadas cuidadosamente orquestadas. Primero llegaron los creepers, con las cuatro patas desdibujadas en una nube verdinegra. Corretearon por la llanura hacia la aldea mirando con odio a los que protegían las murallas, arco en mano. Algunos dispararon sus flechas cuando los creepers estaban aún lejos.

—No disparéis hasta que no estén al alcance de las flechas —ordenó Shawny—. Esperad hasta que estén en el foso.

El grupo de creepers avanzó rápidamente por las llanuras cubiertas de hierba, pero disminuyeron el ritmo cuando tuvieron que vadear el foso que rodeaba la aldea. Cuando el primer creeper llegó hasta el obstáculo acuático, los arqueros abrieron fuego y sus arcos lanzaron una lluvia de afilados proyectiles de hierro que cayó sobre los monstruos con una furia letal. Las criaturas verdes parpadeaban en rojo cuando los atravesaban las flechas. Algunos morían dejando un charco tras de sí y otros detonaban presas de la frustración. Las explosiones se oían por toda la aldea. Las criaturas explotaban a sus camaradas, provocando reacciones en cadena que dañaron más el foso que con tanto cuidado habían construido que las murallas defendidas. Los aldeanos disparaban todo lo deprisa que podían, lanzaban más y más flechas a las bestias verdes, que atacaban ya puntos específicos de la muralla. Las explosiones continuas en el foso, que era un obstáculo estratégico, lo estaban convirtiendo en un tajo enorme en el terreno; la defensa, no obstante, se mantenía intacta. Los vítores recorrían la aldea mientras los creepers continuaban detonando bien lejos, sin hacer ningún daño. Por fin, detuvieron su avance y se alejaron del rango de alcance de los arcos, a la espera. Entonces, los zombis y las arañas iniciaron su ataque, seguidos por los esqueletos.

—¡Los de las puertas, preparaos! —gritó Shawny—. ¡Tened lista la piedra roja!

Uno de los aldeanos desapareció en el interior de una estructura cercana, un edificio de piedra que habían erigido el día anterior. Tenía muros gruesos y ventanas con barrotes de hierro, pensados para sobrevivir a las explosiones de los creepers y a los ataques de los zombis. Dentro había varios interruptores, cada uno conectado a un circuito de piedra roja que controlaba las defensas de la aldea.

Las arañas y los zombis se aproximaron a la puerta principal, pero también se detuvieron fuera del alcance de las flechas. Tenían que cruzar el foso, igual que los creepers, pero sabían que los arqueros los harían trizas. Así que decidieron esperar.

—¿A qué esperan? —preguntó uno de los aldeanos.

—Ahora veréis —respondió Shawny.

De repente, cuatro enderman se teletransportaron junto al foso con bloques de tierra en las manos, envueltos en una bruma morada. Colocaron los bloques moteados de marrón en el foso, llenando de tierra el paso de agua. A continuación, otro grupo de enderman apareció justo cuando se desvanecía el primero, y siguieron echando tierra hasta crear una sólida presa que dividía el foso en dos. Entonces, los zombis y las arañas cargaron contra las puertas de hierro entre lamentos desolados y chasquidos de patas. Justo cuando la avalancha del odio alcanzaba las murallas de la aldea, los esqueletos avanzaron y empezaron a disparar desde su lado del foso, apuntando con sus flechas a los arqueros apostados en lo alto de la barricada. Las garras verdes de los zombis golpeaban las puertas metálicas que protegían la aldea. El dintel vibraba con cada golpe y sonaba como un trueno lejano. De repente, aparecieron más enderman y extrajeron con sus largos brazos los bloques de tierra que habían sido colocados estratégicamente junto a las puertas de hierro. Los demonios negros quitaban los cubos de tierra que sostenían la puerta y se teletransportaban de nuevo, llevándose con ellos los bloques clave. Sin jambas, las puertas cayeron a los pies de los monstruos expectantes; el paso a la aldea se había abierto.

—¡Han traspasado la línea de defensa! —gritó Gameknight—. ¡Empuñad las espadas y al ataque!

—No —ordenó Shawny—. Mantened la posición. Dejad que entren.

—¡¿Cómo?! —dijo Gameknight, con la confusión pintada en la cara.

—Espera y verás —dijo su amigo con un punto de orgullo en la voz mientras le hacía una seña al aldeano de la sala de control.

Los monstruos entraron en la aldea amurallada, pero en ese preciso instante se activó el interruptor de piedra roja. Unos pistones adhesivos enterrados emergieron de repente y abrieron una zanja de dos bloques de profundidad ante el ataque de los monstruos. Estos, que se encontraban en plena carga, cayeron en la zanja y quedaron atrapados. Bajo tierra, en un túnel que discurría junto al pasadizo, los aldeanos atacaban las extremidades inferiores de los monstruos, propinando un golpe tras otro desde su posición relativamente segura. Las únicas que conseguían devolver los ataques eran las arañas, en cambio los zombis y los esqueletos estaban indefensos. Los aldeanos se deshicieron rápidamente de los monstruos, golpeándolos todo lo deprisa que podían mientras las criaturas forcejeaban tratando de escapar de las aspilleras.

Gameknight corría junto a la zanja y atacaba a los zombis y a las arañas con su espada, que lanzaba destellos a su paso como un relámpago, dejando tras de sí un reguero de destrucción. Notaba los golpes que recibía, pero su armadura los aguantaba bien. Como había aprendido en el Wing Commander, Gameknight corría de blanco en blanco, sin detenerse a luchar cuerpo a cuerpo, sino usando la estrategia de golpear y correr que había enseñado a los aldeanos que ahora se batían en la lucha.

Los defensores se movían entre los atacantes protegidos por sus armaduras, golpeando a un zombi tras otro, a las peludas arañas y a los esqueletos blancos. En el fragor de la batalla, divisó a algunos zombis vestidos también con armaduras que atacaban a los aldeanos, causando estragos con sus espadas doradas. Esprintó hasta donde luchaban las bestias y las atacó por la espalda, golpeando las armaduras doradas hasta que las destrozaba junto con los monstruos que se protegían dentro y dejaban caer las espadas al suelo. Los aldeanos que estaban más cerca cogieron las armas resplandecientes y se enfrentaron con ellas a los monstruos, causando importantes bajas en el frente enemigo. La batalla era horrenda, caían entre tres y cuatro monstruos por cada aldeano abatido. Los PNJ luchaban empujados por la venganza con el fin de expulsar a los monstruos de la aldea, a sabiendas de que sus hijos estaban escondidos en sus casas, muertos de miedo. Gameknight podía oír los gritos de los moribundos y la angustia de los PNJ que luchaban con todas sus fuerzas por sobrevivir, pero tenía que mantener la concentración. No paraban de entrar monstruos por la puerta derribada que se expandían por toda la aldea.

—Piedra roja, ¡ahora! —gritó Shawny.

Se activó un segundo interruptor desde la sala de control. De pronto, surgieron nuevas murallas de la tierra que dividieron a los atacantes en tres grupos e impidieron que siguieran diseminándose por la aldea, manteniéndolos acorralados.

—¡Arqueros, adelante!

Los aldeanos aparecieron en lo alto de varias torres bajas, de cinco o seis bloques de altura, que se encontraban posicionadas por toda la aldea y dispararon una lluvia letal de flechas sobre los monstruos. Los arcos se tensaban sin descanso entre sus brazos rechonchos. Los monstruos se veían obligados a apiñarse tanto que los arqueros apenas tenían que apuntar, solo disparaban a los grupos de bestias furibundas. Pero en ese momento entró una nueva hornada de esqueletos en la aldea y apuntaron con sus flechas a los arqueros de las torres. Estos tuvieron que agacharse para protegerse tras los bloques de piedra, lo que ralentizó su ataque. Gameknight supo que la balanza de la batalla comenzaba a inclinarse hacia el lado contrario, ya que los esqueletos eran mucho mejores que los aldeanos con el arco, así que se precipitó entre la masa enemiga en busca de las pálidas criaturas óseas.

—¡Infantería, dirigid vuestras fuerzas a los esqueletos! —gritó Gameknight mientras se adentraba en la batalla.

Una vez más, Gameknight se comportó como una

máquina de matar. Blandía su espada en el aire en amplios arcos, alcanzando más de un blanco en cada golpe. Golpeaba a los esqueletos mientras ignoraba las flechas que se clavaban en la parte trasera de su armadura dándole el aspecto de un erizo. Más aldeanos se sumaron al ataque y se enfrentaron a los esqueletos. Los gritos de los heridos, PNJ y monstruos, llegaban a los oídos de Gameknight y le hacían estremecerse, pero continuó luchando. Su único objetivo en aquel momento era destruir a los monstruos. A lo lejos, divisó un grupo enorme de creepers seguidos de un largo rastro de baba verde. Sus cuerpos se bamboleaban por la llanura hacia la puerta derribada.

—¡Shawny, los creepers! —gritó Gameknight, señalando la presa del foso.

—¡Los veo! —respondió—. Preparad el tercer interruptor de piedra roja. ¡Replegaos hasta la muralla interior! ¡¡Replegaos!!

Gameknight volvió a la línea de defensa, atacando por el camino a los objetivos que encontraba a su paso. Recorrió con la mirada el campo de batalla: los aldeanos luchaban cuerpo a cuerpo con los zombis. Los sorprendían con un golpe de espada tras otro; los monstruos no estaban acostumbrados a que los PNJ los atacaran.

—¡Deprisa, replegaos! —gritó Gameknight. Ayudó a un aldeano a ponerse en pie y lo cubrió mientras mataba primero a un zombi y luego a una araña gigante.

Los PNJ retrocedieron al interior de la aldea y se situaron tras la otra muralla, pasando a través de pequeñas aberturas de dos bloques de altura que se sellaron con piedra una vez que todos estuvieron dentro. Gameknight subió por unos escalones a lo alto de la muralla interior y observó la horda de creepers que se aproximaba. No habían reparado en que el suelo era de grava gris en lugar de la habitual tierra marrón, y se limitaron a avanzar consumidos por la sed de destrucción.

—Ahora verás —dijo Shawny.

Los monstruos disminuyeron el ritmo y se acercaron a la muralla de piedra, con cautela. Los enderman les daban órdenes silenciosas. Erebus apareció de pronto en lo alto de la muralla exterior y observó a sus tropas con gesto satisfecho. Todo indicaba que su ejército franquearía esta última muralla; los creepers explotarían para abatirla y los esqueletos y los zombis entrarían para acabar con los supervivientes. El enderman granate cruzó la aldea con la mirada hasta encontrarse con la de Gameknight y lo señaló con su brazo largo y oscuro.

—Has interferido en algo que no era de tu incumbencia, Usuario-no-usuario —chilló con voz aguda—. Ahora presenciarás tu derrota… Preparados…

Antes de que Erebus pudiese dar la orden de ataque, Shawny gritó:

—¡La piedra roja, ahora!

Los pistones de piedra roja se movieron bajo tierra y extrajeron los bloques de debajo de la grava. A continuación, la gravedad hizo su parte. La grava se precipitó a una caverna iluminada con antorchas que habían excavado debajo de la ciudad, con cuatro bloques de agua en el fondo. Los monstruos, que no sabían nadar, se hundieron enseguida y parpadearon en rojo, luchando por respirar. Algunos conseguían subir a la superficie y tomar una bocanada de aire, pero volvían a hundirse y a ponerse rojos. Los primeros en morir fueron los creepers. Poco a poco, todos los monstruos fueron pereciendo, ya que no estaban programados para nadar. A los pocos minutos, solo quedaban ya unos pocos, la mayoría apiñados unos contra otros buscando asidero en las paredes. Los aldeanos arqueros disparaban a los zombis y a las arañas supervivientes que intentaban huir de la aldea. Se encontraron con que los pistones junto a las puertas habían vuelto a elevarse y estaban atrapados dentro de las murallas de la aldea. Ahora los cazadores eran los cazados. Encerrados entre dos filas de arqueros, los monstruos gritaban de rabia mientras los defensores lanzaban salva tras salva de proyectiles asesinos. El fuego cruzado de flechas de punta de hierro los hizo trizas en cuestión de minutos.

Habían derrotado a los monstruos.

Los aldeanos estallaron en clamores, primero de incredulidad y después en forma de gritos de júbilo y victoria. Habían sobrevivido al que probablemente había sido el peor ataque de aquel servidor, si no de la historia de Minecraft. Gameknight sacó su pico, cavó un agujero en la muralla y encaminó sus pasos hacia Erebus.

El enderman desapareció rápidamente de la muralla exterior y reapareció junto a él. Gameknight miró hacia abajo y levantó el brazo como señal para que los arqueros no dispararan.

—¿Crees que ya has ganado, Usuario-no-usuario? —aulló Erebus, con la voz envenenada por el odio—. Esta es solo la primera batalla de muchas. Has protegido esta aldea, pero hay muchas en este servidor y están repletas de PE. Destruir esta aldea y todas las demás es solo cuestión de tiempo. Y después vendré a por ti.

—Buen discurso para un perdedor —se burló Gameknight—. Creo que vas a encontrarte con que los aldeanos de este servidor, absolutamente todos, ya no están tan indefensos. Ahora corre y vuelve a las sombras, a donde perteneces, de lo contrario treinta arqueros pondrán a prueba su puntería contigo. ¿Crees que podrás teletransportarte en menos tiempo del que tarde en darles la señal para que disparen?

El líder de los enderman desapareció de repente y se

teletransportó fuera de las murallas de la aldea, con una mirada de odio infinito en su rostro sombrío.

—Esto no acaba aquí —chilló Erebus—. Se avecina una tormenta que arrasará este y todos los demás servidores para erradicar la plaga formada por los PNJ y los usuarios. Acabaremos con los servidores y con el mundo analógico hasta que lo dominemos todo.

—Sí, sí —dijo Gameknight en el tono más despectivo que pudo—. Cuidado con la puerta cuando salgas, no vaya a darte en el culo.

Acto seguido, Gameknight999 le dio la espalda a Erebus y enfundó su espada. Levantó el puño bien alto y lanzó un vítor al que se unieron todos los aldeanos. Shawny se acercó a él y le dio una palmada en la espalda.

—Se me hace raro verte comportarte como un líder de verdad —dijo Shawny, sarcástico—. Casi parece que te importan los PNJ.

Gameknight se encogió de hombros y miró a los supervivientes. Una oleada de orgullo se apoderó de él. Lo había conseguido. Había ganado, pero sabía que aquello no era más que una batalla. La guerra continuaba y la auténtica batalla, la batalla definitiva, aún estaba por llegar.

CAPÍTULO 11

EL PLAN

El sol se alzaba majestuosamente por el este, bañando el paisaje con un resplandor dorado que hacía virar el cielo del terrorífico negro de la medianoche a una cálida mezcla de naranja y rojo, hasta que un azul cobalto tiñó el celaje de horizonte a horizonte. La horrible noche había terminado por fin. Mientras Gameknight999 admiraba el amanecer, escuchaba el rumor de la actividad de los aldeanos que empezaban a recomponer la ciudad, sustituían bloques en las murallas y arreglaban los edificios afectados por la onda expansiva e implacable de los creepers. El Alcalde dirigía toda aquella actividad, ya que quería que la aldea volviese a la normalidad antes del anochecer. Sabía que los monstruos volverían.

—Deprisa, dejadlo todo como estaba —gritó el Alcalde—. Enviad mensajeros al resto de aldeas. Tenemos que saber cómo les ha ido a ellos.

El Constructor se acercó a Gameknight, que seguía mirando hacia el este, perdido en sus pensamientos.

—¿Y ahora qué? —preguntó el Constructor.

—Esto ha sido solo el principio. Volverán —dijo Gameknight en voz baja, obligando a Shawny y al Alcalde a acercarse a ellos—. Erebus regresará con más monstruos, y no cejará en su empeño hasta que destruya esta aldea y todas las demás del servidor.

—Es una guerra de desgaste —añadió Shawny—. Seguirá atacando las aldeas hasta que caigan todas. Fortificarlas ha sido una buena idea, pero no es la solución.

Gameknight se quedó un minuto pensando. Sabía que la solución estaba en algún lugar de su cerebro, pero era escurridiza y se confundía entre los recuerdos de la batalla y los de su antigua vida en el mundo analógico. De repente, le vino a la mente una imagen de él jugando con sus tres gatos, y recordó a *Max*, a *Baxter* y a *Sombra*. Le encantaba provocarlos con el puntero láser de su padre; dirigía el punto rojo al suelo y los obligaba a perseguirlo por toda la casa. Pero su juego preferido era intentar marearlos con el láser como cebo. No era fácil, pero su mayor logro consistía en conseguir que los tres se metieran a la vez dentro de una caja vacía. Los tres felinos perseguían hambrientos lo único que en ese momento era importante para sus cerebrillos peludos: aquel punto rojo escurridizo. Eso es lo que necesitaba: un cebo.

—Vale, tengo un plan —dijo Gameknight con seguridad, ahora que la solución se perfilaba claramente en su cabeza—. Primero tenemos que impedir que los monstruos ganen ninguna batalla. No podemos dejar que las aldeas vayan quedándose en nada. —Se volvió hacia el Alcalde y continuó—: Envía mensajeros a todas las aldeas. Averigua cuáles han sufrido más daño y evacúalas. Reubicaremos a los PNJ en otras aldeas y así crecerán en número. A medida que las ciudades vayan cayendo, trasladaremos a la población a otros lugares y así incrementaremos la población en las aldeas supervivientes, para que puedan organizar una defensa más fuerte.

El Alcalde miró a un aldeano que había estado escuchando allí cerca y asintió con la cabeza. Se acercó rápidamente a un grupo de PNJ y les expuso el plan. El grupo se dirigió a la torre alta de piedra que albergaba la red subterránea de vías de vagoneta. Después volvió con Gameknight.

—Ya está en marcha. Así se hará.

—Bien —dijo Gameknight—. Tenemos que impedir que los monstruos se cobren víctimas, privarlos de PE. Tienen que estar hambrientos, con auténticas ganas de matar.

—¿Y de qué nos servirá eso? —preguntó Shawny—. Así solo conseguiremos que luchen con más fuerza. No entiendo para qué nos va a servir eso.

—Si evitamos que los monstruos maten a los aldeanos en las ciudades, enloquecerán en cuanto vean a alguien en campo abierto —explicó Gameknight.

—¿Te refieres a un usuario? —preguntó el Constructor con voz áspera.

—Sí, pero no a cualquier usuario… a mí —Gameknight hizo una pausa para que sopesaran la noticia—. Yo seré el cebo que los alejará de las aldeas y los llevará a un lugar donde nosotros, los usuarios, tengamos ventaja. Allí se librará la batalla final por este servidor.

—Pero eso es una locura —protestó Shawny—. No sabes qué pasará si te matan en este servidor.

—Eso es verdad —concedió Gameknight—, pero lo mismo ocurre con los aldeanos. La vida dentro del software de Minecraft es algo incierto. No la comprendemos, igual que no comprendemos la vida en el mundo analógico, pero vivimos de todas formas. Yo me he dado cuenta de que la vida es un regalo, tanto la analógica como la digital, y tenemos que proteger este regalo por todos los medios a nuestro alcance, y eso significa conducir a los monstruos, no a los que se acerquen a esta aldea, sino a todos los monstruos de este servidor, a una trampa que los destruya para siempre.

—Es una misión noble —dijo el Constructor, y le puso a Gameknight la mano cuadrada en el hombro—. Pero ¿cómo vamos a hacerlo? ¿Cómo los destruiremos cuando los tengamos a todos juntos?

—Haremos lo que mejor sabemos hacer —dijo Gameknight999 con orgullo—. Seremos unos griefers.

Shawny sonrió. Lo entendía todo.

—Os diré lo que vamos a hacer.

Gameknight los atrajo hacia sí formando un círculo estrecho y les explicó el plan. Expuso las intrincadas piezas del puzle con la esperanza de que encajaran llegado el momento. Shawny asintió cuando escuchó cuál sería su papel en aquel plan mortal. Le bullía la cabeza con las posibles estrategias para eliminar a los monstruos. El Constructor y el Alcalde también aceptaron sus cometidos. Una vez que hubo explicado el plan, sus tres compañeros de conspiración retrocedieron y asintieron con la cabeza, conscientes del riesgo que corrían pero también de la posibilidad de la victoria si todo salía bien.

—Es vital que las aldeas aguanten —dijo Gameknight—. Tenemos que dejar a los monstruos sin PE para que me persigan y llevarlos hasta la trampa. No puede quedarse ninguno atrás.

—Los aldeanos resistirán —dijo el Alcalde con seguridad—. Nos encargaremos de ello.

—Excelente —contestó Gameknight—. Pues vamos a prepararlo todo. Necesito provisiones, armas y una armadura nueva. Shawny, necesitarás herramientas y comida para todo el mundo. Cuando encuentres el sitio...

—No te preocupes —le interrumpió Shawny—, yo me encargo. Tú tráeme a los monstruos y yo haré el resto.

Gameknight999 dirigió un gesto de asentimiento a su amigo y se dio cuenta de lo importante que era para él su amistad. No era algo habitual en aquellos tiempos. Antes de que se diesen cuenta, Shawny desapareció dejando un vacío. Lo último que se desvaneció fue la cinta del pelo de su aspecto ninja. Se había ido.

—Eso es un amigo de verdad —dijo el Constructor con su voz áspera y avejentada—. No todo el mundo tiene la suerte de contar con una amistad así. Tú también debes de ser un buen amigo.

Gameknight miró al Constructor con un atisbo de enfado en el rostro.

«¿Se está burlando de mí? ¿Eso ha sido irónico?»

Gameknight no tenía muchos amigos. De hecho, tenía muy pocos, porque la mayoría de los jugadores que había conocido en Minecraft habían acabado siendo víctimas de sus troleos o de sus actos vandálicos. En el pasado, su objetivo había sido siempre jugar únicamente para sí mismo, y no le preocupaban las necesidades de los demás, pero ahora se daba cuenta de lo destructiva que era esa actitud. Destrozar lo que el resto de gente construía, arrasar edificios, saturar servidores... Con todo aquello solo había conseguido apartar a la gente de su lado. Todos lo esquivaban, y con razón. «¿Por qué iba a confiar nadie en mí? ¿Me acompañará alguien en la batalla final o tendré que enfrentarme solo a los cientos de monstruos, cosa que estaría más que justificada?» Suspiró.

—Sí, Shawny es un buen amigo, mejor de lo que me merezco —dijo Gameknight en un tono serio—. Pero basta de cháchara, tenemos que prepararnos.

—Estamos preparados —dijo el Constructor con orgullo.

—¿Ya tienes todo lo que necesito? ¿Cómo es posible? ¡Si ni siquiera nos hemos movido del sitio!

—Una de mis habilidades como constructor es la de comunicarme con los PNJ que trabajan en las cavernas. Como hemos estado comentando el plan antes, los puse a construir lo que pensaba que íbamos a necesitar.

El Constructor levantó un brazo cuadrado y señaló a tres PNJ que corrían hacia ellos desde la torre de piedra donde se abría el pasadizo secreto. Llegaron hasta donde estaba Gameknight y empezaron a dejar objetos en el suelo: una armadura de hierro nueva, comida, dos pilas de antorchas, tres picos de hierro, una pala de hierro, una flecha, una espada de diamante... ¡Una espada de diamante! Gameknight levantó el arma, cuya superficie azul hielo refulgía.

—Diamante... ¿Dónde habéis encontrado diamante? —preguntó Gameknight.

—Hay algunos diamantes por aquí; no muchos, pero sí algunos —explicó el Constructor—. Algunos de mis aldeanos empezaron a excavar minas con varias secciones cerca de la base. Han estado excavando mientras hablábamos. Es increíble lo que se puede llegar a avanzar si pones a quince aldeanos a trabajar al mismo tiempo.

—¿Está encantada? —preguntó Gameknight al percatarse del tinte violeta azulado que recorría la hoja y la empuñadura.

—Sí —contestó el Constructor, cuya voz áspera traslucía orgullo—. Con Retroceso II y Afilado III. Te vendrá muy bien.

Gameknight levantó la espada contra el sol y admiró el agudo filo. El arma encantada desprendía un cálido resplandor azul cobalto. Gameknight inspeccionó cada centímetro y esbozó una sonrisa. Era justo lo que necesitaba.

Observó el resto de suministros apilados en el suelo y reparó en la flecha. La cogió del suelo y la sostuvo ante sus ojos, y la sonrisa dio paso a una expresión de confusión.

—¿Por qué solo hay una flecha? ¿Y el arco?

—Una sola flecha no es muy útil a menos que tengas un arco realmente especial —dijo el Constructor con una sonrisa en la cara que hacía que la frente se le arrugara hacia arriba—. Dádselo.

Excavador dio un paso adelante y se colocó frente a él. La tensión se mascaba en el ambiente. Gameknight había provocado la muerte de su mujer y aquel era el legado de la actitud egoísta y prepotente de la que había hecho gala antes de verse atrapado en aquel mundo.

—No te he perdonado por lo que hiciste —dijo Excavador, con una voz que traslucía su enfado—. Pero hoy has salvado nuestra aldea, has protegido a los niños y al resto de aldeanos de los monstruos, y has salvado a mis hijos. Has hecho algo que no ha sido en tu propio beneficio, no has sido egoísta ni ha costado la vida de nadie, y eso lo respeto y lo agradezco.

El aldeano abrió su inventario y sacó un arco reluciente.

—Dejaste esto en nuestro cofre la primera vez que estuviste aquí, cuando...

—Cuando arrasé la ciudad y provoqué la muerte de tu mujer —dijo Gameknight con voz solemne y la cabeza gacha.

Excavador asintió y le tendió el arco al Usuario-no-usuario. Gameknight lo tomó en las manos y lo levantó. Estudió todas las aristas del arma, su arco encantado con los conjuros Empuje II, Poder III e Infinidad, la envidia de todos.

—Me había olvidado de él —dijo Gameknight, con un rayo de esperanza en la voz—. Mi antiguo arco, mi viejo amigo. —Miró a Excavador y le puso una mano en el hombro—. Este arco puede inclinar la balanza a nuestro favor, Excavador. Puede marcar la diferencia entre el éxito y el desastre. Gracias.

Aquella era una palabra que no estaba acostumbrado a pronunciar y se le hizo extraño oírla salir de su boca.

Excavador inclinó la cabeza.

—Pues ya lo tenemos todo —dijo el Constructor. Su voz áspera sonaba como un papel de lija contra la roca—. Es hora de irnos.

—¿Irnos? —preguntó Gameknight999—. ¿Pero qué dices?

—Iré contigo —dijo el Constructor con una voz repentinamente clara—. Estoy dispuesto a involucrarme hasta el final.

—No puedes —protestó Gameknight. Sus palabras resonaron como campanadas. Estaba muy seguro de cuál era su propósito y tenía claro su cometido.

Los aldeanos que estaban por allí escucharon la discusión y se acercaron con la incertidumbre pintada en las caras.

—No sé qué suerte me depara el destino —dijo Gameknight—, pero sí sé lo que te pasará a ti si te matan...

—He tenido una vida muy larga, probablemente más larga que la de nadie en este mundo. He visto muchas cosas, más amaneceres de los que puedo contar y he visto morir a muchos amigos... a demasiados. —El Constructor se abstrajo de repente en el recuerdo de los amigos que había perdido—. Mi tiempo aquí ha terminado. Tengo que proseguir mi camino y nombrar a un nuevo constructor para la aldea.

Gameknight999 miró fijamente al Constructor con la esperanza de que su fuerza de voluntad obligara al anciano PNJ a retractarse, pero el Constructor le sostuvo la mirada, como retándolo a objetar algo a su decisión.

«No puedo ser responsable de esto —pensó Gameknight—, otra vida más, no.»

Sentía cómo el peso de la responsabilidad lo aplastaba como un yunque poderoso.

Los aldeanos se congregaron alrededor de los dos en silencio absoluto, con los ojos fijos en el Constructor y en el Usuario-no-usuario. La tensión entre ambos hacía que el aire se estremeciera, todos eran conscientes de la magnitud de lo que estaba sucediendo. Justo entonces, una vocecilla se elevó desde la multitud silenciosa; la dueña era la niña que había hablado con tanta valentía el día anterior, aunque era como si hubiese pasado una eternidad desde entonces.

—Te echaré de menos, Constructor —dijo con un hilillo de voz temblorosa—. Has sido muy bueno conmigo y nunca te olvidaré.

—Yo siempre recordaré los fuegos artificiales —dijo otra voz—. Las estrellas amarillas eran mis preferidas.

—Sí, y…

—Me acuerdo de…

—Gracias por…

—Adiós…

Una avalancha de despedidas los sepultó. La aldea había tomado la decisión por ellos. Los PNJ compartieron con el Constructor los momentos en los que los había emocionado, había conseguido que alguien olvidase sus preocupaciones, los había hecho sonreír o había salvado una vida. Aquello era una afirmación de su existencia, una confirmación de su valor en aquel mundo virtual. Gameknight se sorprendió al ver cómo una lágrima cuadrada descendía por el rostro del PNJ y esbozaba una sonrisa que detenía el llanto salado.

Todos los aldeanos se acercaron a abrazar al Constructor una última vez y después volvieron a su tarea de preparar la aldea para el siguiente ataque, que con toda probabilidad se produciría dos días después.

—Excavador, quédate, por favor —dijo el Constructor a la vez que se enjugaba la lágrima cuadrada.

Excavador se detuvo en seco y se giró con expresión confundida.

El Constructor se acercó al PNJ, le tendió su mesa de trabajo y esperó a que este la aceptara. Excavador dio un paso al frente, vacilante, y luego otro, y otro más, hasta que estuvo frente a frente con el Constructor. En su rostro se adivinaban la confusión y el miedo, y su entrecejo arrugado acentuaba la expresión de incertidumbre.

—Excavador, te elijo a ti para guiar a los demás aldeanos de esta región, para que construyáis las herramientas y los objetos que necesitarán los usuarios en esta tierra —dijo el Constructor en voz alta para que lo oyera toda la aldea—. Te elijo a ti para que mantengas en funcionamiento el engranaje electrónico de Minecraft. Te nombro «Constructor».

Empujó su mesa de trabajo y la puso en las manos de Excavador. La caja marrón claro refulgía a la luz del sol. Cuando aceptó la mesa de trabajo, la túnica marrón de Excavador se tiñó de negro y apareció una franja gris que la recorría en el centro, mientras que la del Constructor adquirió un tono verde bosque. El proceso se había completado. Los aldeanos se volvieron hacia el nuevo Constructor y asintieron en señal de aceptación mientras se dirigían de vuelta a sus puestos de trabajo. El viejo Constructor lucía una enorme sonrisa que se extendía por su rostro cuadrado y se curvaba hacia arriba hasta las orejas.

—Ya podemos irnos —dijo el Constructor mientras se secaba los restos de las lágrimas—. Vamos, Gameknight, tenemos que ir al encuentro de la batalla final y salvar este mundo de la destrucción.

—Vaya, ¿solo eso? —replicó Gameknight con ironía.

—Sí, solo eso.

Y los dos personajes salieron de la ciudad hacia lo desconocido. El Constructor tarareaba una cancioncilla mientras ponían rumbo hacia la batalla final que ambos adivinaban en el horizonte. A medida que se alejaban, oían el ruido de los trabajadores detrás de las murallas: excavaban y apilaban bloques, reseteaban los pistones de piedra roja y construían herramientas nuevas. Ninguno de los PNJ los vio alejarse, de lo contrario habrían divisado una forma desgarbada, alta y de color rojo oscuro que los vigilaba amparada por las sombras del bosque. Un baile de partículas púrpura flotaba alrededor de la criatura, que miraba con ojos blancos y alargados a la pareja, imbuido de odio y ganas de matar.

—Me vengaré —siseó Erebus para sí mismo. La furia de su voz casi hizo que los árboles quisieran apartarse del origen de aquella tremenda maldad.

Estalló en una risa maquiavélica.

—Puedes correr, Usuario-no-usuario, pero te encontraré.

Y el jefe de los enderman volvió a reír entre dientes mientras se sumía de nuevo en las sombras.

CAPÍTULO 12

LA PERSECUCIÓN

Caminaron durante todo el día. El paisaje de Minecraft lucía precioso con sus bosques de robles entre las colinas alfombradas de hierba y flores y un bioma de cumbres nevadas a la izquierda. Todo estaba tranquilo y hermoso, excepto por los monstruos sedientos de sangre que asolaban la tierra en busca de PE. Gameknight iba en cabeza y estudiaba el terreno para ver si había enemigos. Se escondían tras los árboles y detrás de las colinas para evitar a los grandes grupos de monstruos. Había arañas por todas partes. El Constructor tarareaba su canción sin nombre mientras caminaba, más por nerviosismo que por otra cosa; la melodía se hacía cada vez más disonante a medida que se acercaban a los monstruos. No estaba muy seguro de cómo lo hacía, pero Gameknight parecía saber por dónde tenían que ir, algo le decía dónde estaba preparando Shawny la batalla final.

—Constructor, si Excavador es ahora el nuevo Constructor de la aldea, ¿qué eres tú? —preguntó Gameknight.

—Soy un simple aldeano, un PNJ, como nos llamáis vosotros —dijo el Constructor—. Mira, ya no visto la tradicional túnica negra con la franja gris, el uniforme de mi antiguo cargo. Excavador, digo el Constructor, es quien viste ahora esos colores. —Sacó una galleta de su inventario y se la comió mientras caminaban, aminorando un poco el ritmo—. No soy nadie, solo un ser más de este mundo.

—¿Tengo que seguir llamándote Constructor?

—Los títulos no son importantes. Llámame como quieras, eso da igual.

—Bueno, para mí sigues siendo el Constructor —afirmó Gameknight.

—Muy bien.

Continuaron en silencio, jugando a una especie de escondite en la vida real que podía significar la muerte para los que se escondían, que eran ellos. Cuando atravesaban una pequeña arboleda, la pareja se topó con una araña solitaria. Se abalanzaron de inmediato sobre ella. La espada de diamante de Gameknight cortó el aire en arcos brillantes y la golpeó hasta matarla, para evitar que escapase e informase a los enderman y a Erebus de su posición. Aquello se repitió tres veces más, se encontraron con arañas en solitario y con algún que otro creeper, pero los eliminaron rápidamente. Tenían que perseguirlos antes de atraparlos. Estaba claro que Erebus había enviado a las criaturas en busca de información. Ahora mismo era más importante para él localizarlos que matarlos.

Gameknight miró hacia arriba para comprobar la posición del sol. Un leve temor le recorrió todo el cuerpo cuando se percató de que el cuadrado amarillo estaba empezando a descender hacia el horizonte para después hundirse gradualmente tras él, convirtiendo el cielo de un azul brillante en un rojizo majestuoso y, finalmente, en un negro mortífero.

—Tenemos que encontrar un lugar donde escondernos —dijo el Constructor, nervioso, mientras miraba a todas partes a medida que la oscuridad se cernía sobre ellos.

—Todavía tenemos un rato —dijo Gameknight con tono seguro—. Ten preparados el pico y la pala.

—Pero tenemos que encontrar un escondite, una cueva, una caverna, algo, un refugio que podamos defender.

—No te preocupes, Constructor, ya he pensado en eso —lo tranquilizó Gameknight—. Tú ten la pala lista.

El Constructor miró a su compañero con la cara cuadrada encogida por la confusión. El cabello gris le caía flotando por la espalda. Aminoraron el paso y comenzaron a moverse con más cautela; estaban atravesando una zona de colinas bajas cubiertas de flores azules y rojas. No había árboles tras los que esconderse, así que tenían que tener mucho cuidado de evitar a los monstruos, que habían incrementado su número de forma significativa. Era obvio que Erebus los había enviado en su búsqueda, ya que había hordas de arañas y de zombis en grupos que parecían mirar a todas partes a la vez. Si uno de los grupos los veía, caerían todos sobre la pareja sin darles ocasión de defenderse. Gameknight decidió asegurarse y detuvieron la marcha.

—Esperaremos aquí —le dijo al anciano PNJ.

—¿Qué? ¿Aquí? —preguntó el Constructor, confundido al mirar la llanura yerma.

—Sí, saca la pala. Vamos a cavar.

Cavaron un hoyo de cuatro bloques de profundidad que se hundía hacia abajo. En Minecraft existía la regla de no cavar nunca en vertical, pero Gameknight sabía que no corrían el peligro de encontrarse con una caverna ni con lava a tan poca distancia de la superficie. Una vez que hubieron cavado cuatro bloques, se encerraron con dos bloques de tierra por encima. Gameknight extrajo un bloque más a un lado y colocó una antorcha para que su minirrefugio tuviese algo de luz. Se volvió hacia el Constructor y advirtió el miedo en su cara cuadrada. Miedo y terror.

—¿Qué pasa? —preguntó Gameknight.

—Creo que nos han visto —dijo mientras apuntaba hacia arriba con la pala.

Gameknight aguzó el oído y oyó acercarse a los monstruos: los lamentos de los zombis, los peculiares chasquidos de las arañas, el bamboleo de los slimes y, por supuesto, la risa terrorífica de los enderman, que acechaban cada vez más cerca.

—¿Cómo han podido vernos? —preguntó Gameknight—. ¡Estamos bajo tierra desde antes de que llegaran!

—Es el nombre sobre tu cabeza, creo que pueden verlo. Deprisa, agáchate y desaparecerá.

Gameknight se puso en cuclillas, lo que dificultaba sus movimientos. No sabía si aquello cambiaba algo; cómo le gustaría haber tenido una modificación de rayos X en aquel momento. Miró hacia el techo de tierra y el Constructor sacó la pala y cavó un bloque más, primero bajo Gameknight y luego bajo sus pies.

—¿Qué haces?

—Shhh.

El Constructor sacó un bloque de roca y lo colocó sobre sus cabezas, y luego otro, hasta tapar todo el techo. La superficie veteada brillaba a la luz cálida de la única antorcha. Gameknight miró a su compañero, confuso, con un montón de preguntas en la punta de la lengua. Antes de que lanzase ninguna, el Constructor levantó una mano para mandarle callar y señaló hacia arriba. Los ruidos de los zombis se oían justo detrás de la barrera rocosa. Los gemidos desolados les daban escalofríos y helaban su valentía. Gameknight se estremeció, el terror casi convertido en pánico le corría por las venas. El recuerdo de aquellas garras afiladas retumbaba en su cabeza. Solo quería cavar una salida y correr.

«¿De qué nos va a servir este techo de piedra con tantos monstruos al otro lado? —pensó Gameknight—. Quizá tendríamos que haber parado antes y haber buscado una cueva, un árbol bien alto o...» Justo entonces, una mano tranquilizadora se apoyó en su hombro y controló ligeramente el pánico que invadía a Gameknight. Al darse la vuelta, vio que su amigo sonreía con el cabello resplandeciente a la luz de la antorcha.

—Los enderman no pueden romper la roca, solo los materiales naturales como la arena o la tierra —explicó el Constructor—. Si averiguan dónde estamos, al menos no pueden cavar para sacarnos. Eso nos mantendrá a salvo por el momento.

El Constructor volvió a sacar la pala y siguió cavando a su alrededor para hacer un hueco de un bloque de ancho en el perímetro de su hogar de dos bloques. A medida que cavaba, fue llenando los espacios vacíos con más roca hasta que estuvieron completamente rodeados. La roca les hacía sentirse un poco más a salvo, apaciguaba un poco sus miedos. Una vez que hubo completado esta capa protectora, el Constructor guardó la pala y escuchó. Ambos compañeros miraban hacia arriba con temor. Primero, los monstruos sonaban cada vez más alto, pero luego el ruido se disipó cuando los monstruos se separaron y partieron en busca de otras presas.

—Creo que nos han perdido la pista —dijo Gameknight.

—Shhh —dijo el Constructor, y acercó la cabeza a la oreja de Gameknight—. Si nosotros podemos oírlos, ellos a nosotros también. Será mejor hablar en susurros —dijo en voz muy baja el anciano.

Gameknight asintió.

Los sonidos de sus perseguidores parecieron debilitarse por un momento. El grueso de los enemigos se había alejado, pero se oían monstruos solos, algún zombi o una araña que se acercaba, todos moviéndose de modo aleatorio.

—No saben dónde estamos —susurró Gameknight999 con un punto de tensión en la voz.

—Es posible —concedió el Constructor, su voz áspera apenas audible—, pero si algo he aprendido después de todos estos años en Minecraft es que las noches son muy largas. Debemos confiar en nuestra buena suerte, esto no ha terminado todavía.

Justo entonces, una explosión desgarró el silencio. La detonación resonó a lo lejos, posiblemente un creeper, y el estruendo desprendió un poco de polvo del techo de piedra.

—¿Qué ha sido eso? —preguntó el anciano PNJ—. ¿Por qué iba a explotar un creeper ahora?

Gameknight estaba a punto de contestar cuando otra explosión atronó la gruta, esta vez un poco más cerca, y luego una más apenas audible a lo lejos. Sabía lo que estaba pasando y estaba a punto de susurrárselo a su compañero cuando, de repente, oyeron otra detonación muy cerca. El suelo tembló y la explosión resonó en todo el diminuto refugio, aunque las paredes aguantaron.

—Eso ha estado cerca —dijo el Constructor, con el miedo pintado en la cara angulosa—. ¿Qué ocurre?

—Es como en Silent Hunter —dijo Gameknight.

—¿En qué?

—Silent Hunter, un juego de ordenador de submarinos.

—¿Submarinos? —preguntó el Constructor, confundido.

—Los submarinos son barcos que van por debajo del agua —explicó Gameknight en un susurro—. Persiguen a otros barcos que están en la superficie y los hunden con misiles desde las profundidades.

¡Bum!

Dejó de hablar porque otra explosión reverberó en su agujero. El ruido hizo que les doliesen los oídos y llenó el refugio de polvo. El miedo le recorrió la columna vertebral; la siguiente explosión podía matarlos.

—Cuando un barco cree que puede haber un submarino cerca, deja caer cargas de profundidad, que son bombas que explotan bajo el agua, para intentar hundirlo.

—Pero ¿cómo saben en el barco dónde está el submarino?

—No lo saben —prosiguió Gameknight—, así que disparan las cargas de profundidad por todas partes con la esperanza de tener suerte. Si saben la última posición del submarino, se dispersan en todas direcciones y sueltan las cargas de profundidad para intentar...

¡¡¡Bum!!!

Otra violenta explosión hizo temblar con violencia el suelo, atronando a la pareja dentro de su agujero en la roca. El temblor hizo que Gameknight se golpeara la cabeza contra las paredes.

—Eso ha explotado cerca —susurró Gameknight, apuntando al techo.

Se adivinaban algunas grietas en uno de los bloques de roca de encima. Miró a su amigo y vio que el Constructor se había echado a temblar.

—Quieren acertar al submarino y hundirlo. Eso es lo que están haciendo ahí arriba... Detonan a los creepers por todas partes con la esperanza de tener suerte y hundirnos.

—Ese último ha estado muy cerca —dijo el Constructor, aún temblando y con el terror asomándole a los ojos—. ¿Crees que habrán descubierto el bloque?

—No estoy seguro, pero si lo ven, ya sabemos dónde explotará el próximo creeper.

Oyeron otra explosión no muy lejos, el suelo tembló y cayó más polvo que se les metía en la garganta y en los ojos, pero no había sido tan cerca como la anterior. El miedo a la siguiente explosión se cernía sobre los dos, el pánico estaba empezando a adueñarse de ellos. El Constructor estudió el habitáculo, buscando un lugar por donde escapar, pero no lo había. Parecía como si el anciano quisiese gritar, mantenía la compostura a duras penas. Gameknight le puso una mano en el hombro al Constructor en un intento por tranquilizarlo. Seguía agachado y lo miraba con sus ojos oscuros. Al mirar hacia abajo, el Constructor vio la fuerza en los ojos de Gameknight, la determinación de que saldrían con vida, y empezó a tranquilizarse. El pánico cedió, por el momento.

Se oían más explosiones a lo lejos. Los creepers exhalaban su último aliento con la esperanza de matar a los únicos portadores de PE a la redonda. Ambos amigos hicieron lo único que podían hacer: esperaron y escucharon desde su pequeño submarino de piedra, mientras los enemigos de arriba detonaban sus cargas de profundidad en forma de creepers por toda la llanura. Una sed insaciable de verlos muertos recorría todo Minecraft. La situación se prolongó durante toda la noche, el clamor de las explosiones retumbaba por todas partes. Erebus dirigía a los monstruos para que encontraran a su presa y poder obtener su venganza. A veces oían explosiones cerca, pero por lo general la tormenta de odio y maldad desencadenada en la superficie se había alejado, y el miedo empezó al fin a remitir.

Habían sobrevivido.

A Gameknight se le estaban durmiendo las piernas de estar agachado para ocultar su nombre de usuario a los depredadores. Quería ponerse de pie y estirarse, pero no se atrevía. De repente, el Constructor sacó el pico y empezó a excavar el bloque agrietado de roca que tenían justo encima.

—¿Qué haces, Constructor?

—Ya es de día.

—¿Cómo lo sabes? —preguntó Gameknight.

—Todos los PNJ sabemos cuándo amanece, lo aprendemos desde niños. Les enseñamos a nuestros hijos cómo percibir la salida y la puesta del sol. Si no lo consigues, probablemente mueras cuando anochezca si no estás preparado. Sé que ha amanecido. Es hora de irse.

El Constructor cavó velozmente los bloques de roca que los cubrían, y los rayos del sol inundaron el refugio. El polvo en el aire creaba halos de luz que les habrían parecido hermosos si no acabasen de sobrevivir a la peor noche de sus vidas. Buscando apoyos en la tierra, el Constructor salió del hoyo, seguido por Gameknight. Una vez fuera, se quedaron de piedra ante lo que vieron. La hermosa llanura cubierta de hierba que habían dejado atrás al atardecer estaba ahora plagada de cráteres gigantes. Los monstruos habían desgarrado y agujereado la piel de Minecraft. La persecución de la que habían sido objeto había sido voraz e implacable. A sus ojos, la tierra parecía ahora la superficie de la luna, inerte y destrozada. Había bloques de tierra y de piedra flotando por todas partes, consecuencia del trabajo de los creepers, y algunas flores y manojos de hierba sorprendentemente intactos en mitad de la destrucción, aunque no abundaban. La mayor parte del paisaje había sido destruido por la ola de violencia que había arrasado la llanura. Parecía la tierra de nadie de «la guerra que acabaría con todas las guerras», allí, noventa y cinco años después, en Minecraft. Gameknight miró hacia el este y vio la cara cuadrada y brillante del sol elevándose sobre el horizonte, como un salvavidas que los bañaba con su luz y calor.

—Vamos, tenemos que avanzar —dijo el Constructor.

Gameknight sacó una raja de melón y se la comió a toda prisa, y después engulló más hasta que hubo saciado su hambre; el Constructor hizo lo mismo. Desenvainó su espada de diamante y comenzó a caminar en pos del sol, hacia su destino: allá donde se libraría la batalla final. Esperaba que Shawny lo tuviese todo listo y que hubiese conseguido que los ayudaran otros usuarios, de lo contrario todo estaba perdido. Pero ¿por qué otros usuarios iban a ayudarle a él, a Gameknight999, el rey de los griefers? No había un solo jugador en aquel servidor al que no hubiese hecho daño, arrasado su hogar, matado o robado el inventario entero... ¿Por qué iban a ayudarle a él, que no tenía amigos, solo víctimas? Una tristeza extraña se apoderó de él, un sentimiento que reconoció como arrepentimiento, aunque nunca antes lo había experimentado. Si hubiese sido mejor amigo, mejor jugador de Minecraft, si... Pero ya no había tiempo para pensar en aquello. Tenía que proteger su mundo, a su familia, a todos. Se irguió y aceleró el ritmo, con los pasos tranquilizadores del Constructor a su lado. El anciano había empezado a tararear otra vez, pero la melodía empezaba a sonar disonante y con miedo. Con la incertidumbre y la duda minándoles el coraje, los dos guerreros solitarios corrían hacia su destino.

CAPÍTULO 13

EN BUSCA DE «EL ÁLAMO»

Los dos compañeros recorrían el paisaje perseguidos por los implacables monstruos diurnos de Minecraft. Había arañas por todas partes. Cada vez que los insectos gigantes los veían, salían corriendo para informar a Erebus de su ubicación. Probablemente las estaba usando porque los zombis eran demasiado lentos para utilizarlos como exploradores, y a los creepers era muy fácil hacerlos detonar para destruir la información que hubiesen podido recabar. Gameknight mataba a las arañas desde lejos con el arco, ya que era muy buen arquero. Se sentía culpable cada vez que disparaba la flecha asesina, porque había adquirido aquella destreza a costa de la muerte de muchos usuarios y PNJ. No compartía sus sentimientos con el Constructor, pero sospechaba que notaba su incomodidad; el anciano PNJ guardó un silencio obvio durante todas las batallas a distancia y tardó en retomar su tarareo.

Pronto abandonaron las llanuras y se adentraron en una zona boscosa y rebosante de vida. Había lobos por todas partes, su pelaje blanco destacaba contra la corteza nudosa de los árboles.

—Espera un segundo —dijo el Constructor mientras aminoraba el paso.

—¿Por qué? Tenemos que seguir.

—Todavía no —replicó el Constructor.

Abrió su inventario, sacó un montón de huesos de un esqueleto que llevaba mucho tiempo muerto y se los tiró a Gameknight.

—Toma estos huesos —dijo el Constructor con uno de ellos en la mano—. Necesitamos mascotas.

—¿Qué dices? —preguntó Gameknight—. No tenemos tiempo.

—Sí, sí lo tenemos. Tú sígueme.

Gameknight cogió los huesos y fue detrás del Constructor. El anciano se acercó lentamente a los lobos con los huesos en la mano. Acarició a uno, y Gameknight vio cómo le salían corazones rojos de la cabeza hasta que, de repente, se materializó un collar alrededor del pescuezo del animal. El lobo ahora pertenecía al Constructor.

—Ve a buscar más —dijo el PNJ muy serio. Su afirmación sonó más a orden que a sugerencia.

Gameknight se encogió de hombros e hizo lo que le decían. Les ofrecía los huesos a los animales, que enseguida se convertían en mascotas. Al poco tiempo tuvieron media docena de lobos cada uno siguiéndolos por el bosque, y se sumaban más por el camino.

—¿Para qué queremos a los lobos? —preguntó Gameknight.

—Pronto lo entenderás —respondió el Constructor—. Si ves más, ve a por ellos. Necesitaremos todos los que podamos encontrar.

Gameknight asintió y siguió avanzando por el espeso bosque, con sus amigos peludos rodeándolos en un círculo, que ladraban de tanto en tanto infiriendo confianza al grupo.

«Espero que Shawny esté preparado —pensó Gameknight—. Tiene que lograr convencer a los demás, de lo contrario el plan fracasará.»

Las dudas lo recorrían con cada latido. Minaban su coraje, pero entonces miraba a su compañero y se sentía fortalecido. El Constructor corría junto a él, seguro y fuerte, con el cabello gris flotando al aire y la valentía y la determinación firmemente pintadas en el rostro cúbico. El anciano PNJ giró la cabeza hacia él mientras corría, le sonrió y le dio una palmada en el hombro, lo que provocó el gruñido de uno de los lobos de Gameknight. Le tiró un palo al animal y siguieron corriendo, recogiendo a su paso a todos los lobos que se encontraban por el bosque.

De repente, un grupo de seis zombis salieron de detrás de una arboleda espesa donde se ocultaban a la sombra de las copas intentando refugiarse del sol mortal. Antes de que pudieran atacarles, los lobos se abalanzaron sobre ellos, mordiendo brazos y piernas con sus colmillos afilados. La manada destrozó a los monstruos verdes con saña. Se veían los destellos de las garras en el aire intentando alcanzar el pelaje blanco, pero los lobos eran demasiado rápidos para los monstruos. Los zombis parpadearon en rojo una y otra vez a medida que sus PS caían en picado. Los colmillos desgarraban sus brazos del color de esmeraldas putrefactas. La manada era como un ciclón de misiles blancos que penetraban en la masa verde hasta que el último monstruo se hubo desvanecido con un «pop» quedo, dejando tras de sí trozos de carne de zombi y, por supuesto, PE.

—Ahora ya sabes para qué necesitábamos a los lobos —dijo orgulloso el Constructor.

Gameknight asintió.

—Una idea estupenda.

El Constructor sonrió y siguieron corriendo. El tarareo los animaba un poco y la manada los seguía de cerca. Esprintaron por el bosque abriéndose paso entre las largas y frondosas ramas y vadeando estanques. Sus protectores peludos se abalanzaban sobre zombis y arañas a la mínima oportunidad, y seguían avanzando hacia su destino. Se dirigían a la montaña lejana que a veces asomaba su rostro rocoso entre las copas de los árboles del bosque.

—Creo que ese es el sitio —dijo Gameknight al subir a una colina.

El pico era ahora bien visible, alto y majestuoso, y el bosque acababa justo al pie, a lo lejos.

—¿Crees que llegaremos antes de que anochezca? —preguntó el Constructor, frunciendo el entrecejo con preocupación.

—Creo que deberíamos —contestó Gameknight—. Noto algo raro, como si todo se aglomerase aquí. Siento toda la rabia y la violencia de este mundo concentradas en este punto… esta noche. Tenemos que llegar.

El Constructor miró por encima del hombro al sol, cuya faz dorada empezaba a rozar ya el horizonte. No necesitaba mirar para saber cuánto tiempo tenían, pero el nerviosismo lo obligaba a comprobarlo.

—Si conseguimos llegar a esa colina de ahí en un par de minutos —dijo el PNJ— creo que podremos alcanzar el pie de la montaña. Ojalá tu amigo nos esté esperando, de lo contrario cuando lleguemos allí nos daremos de bruces con todos los monstruos del servidor. De verdad espero que cumpla con su parte del plan.

—Yo también —respondió Gameknight mientras visualizaba a los zombis saliendo del digitalizador de su padre y atacando a su hermana—. Yo también.

Bajaron corriendo por la colina y subieron a la siguiente, con el sol empujándolos en la carrera. Ahora que la altura del sol y las copas de los árboles les permitían deambular sin salir ardiendo empezaron a ver cada vez más monstruos, que intentaban atacarlos a su paso. Una araña les cortó el paso. Gameknight y el

Constructor atacaron a la criatura mientras la dejaban atrás, aniquilándola con ambas espadas en un abrir y cerrar de ojos.

Los dos amigos no se detuvieron a recoger los PE y siguieron corriendo; aquello era una carrera por la supervivencia. Un grupo de creepers intentó acercarse por la derecha, pero sus pezuñas porcinas eran demasiado lentas. Un lobo se abalanzó sobre las bestias de motas verdes y las hizo detonar a todas a la vez. «Pobre lobo», pensó Gameknight.

Los dos amigos no se detuvieron a luchar con los monstruos y siguieron avanzando a toda velocidad por el bosque, dejando que la manada de lobos hiciera el trabajo sucio siempre que era posible. Gameknight vio a unas cuantas arañas y unos zombis que salieron corriendo en cuanto los vieron, probablemente para informar a Erebus de su posición, pero eso ya daba igual. Al contrario, querían que Erebus supiese dónde estaban y enviara a las hordas enemigas.

«Espero que Shawny esté listo», pensó Gameknight.

Y entonces lo oyeron, cuando empezaban a ascender la siguiente colina: la risa maníaca de los enderman teletransportándose hasta allí.

—¿Has oído eso? —dijo Gameknight, sin dejar de correr.

—Sí —contestó estoicamente el Constructor—. Están aquí.

En ese preciso instante, un enderman apareció justo delante de ellos, con sus largos brazos oscuros colgando a ambos lados del cuerpo y una nube de partículas moradas a su alrededor. Lo rodearon al tiempo que bajaban la cabeza para evitar el contacto visual y envainaban las espadas. Los enderman solo podían involucrarse en la batalla si se les atacaba o se les miraba directamente a los ojos. Tanto Gameknight999 como el Constructor lo sabían de sobra, así que pasaron junto a ellos con mucho cuidado de mirar hacia otro lado y no tocar a aquellos monstruos salidos de una pesadilla.

El rumor de la persecución aumentaba tras ellos y los aullidos de los lobos adquirían fuerza a sus espaldas cuando los monstruos atacaban a sus guardianes. Los chasquidos de las arañas y los lamentos de los zombis fueron en aumento a medida que llegaban más monstruos, y el traqueteo de los esqueletos y las risas entre dientes de los enderman se añadieron a la cacofonía. Los gruñidos de los lobos pasaron de ser de ataque a sonar a la defensiva, a una aterrorizada defensa. Los aullidos acentuaban el dolor del que eran víctimas.

—Espero que huyan —dijo Gameknight a su amigo; los aullidos de dolor le hacían sentir más culpable aún.

—No lo harán a menos que les entre hambre —contestó el Constructor.

Se oyeron más aullidos y ladridos, y después se hizo el silencio entre los lobos y solo quedó el ruido de los monstruos; estaban solos. Siguieron corriendo hasta que al fin alcanzaron la cima de la última colina, ante la cual se alzaba la montaña. Se detuvieron un instante para tomar aire y miraron atrás, hacia el bosque, para descubrir aterrorizados a cientos, no, a miles de monstruos acercándose a su posición. A través de las ramas de los árboles podían ver las caras furiosas de los zombis, los esqueletos, las arañas, los slimes y los creepers, y algún enderman inmóvil, vigilante... expectante. Parecía el cauce de un enorme río. Las criaturas rodeaban los troncos de los árboles y subían colinas, todos en dirección a ellos, en dirección a Gameknight999. Podía sentir su ira, su rabia, sus ganas de matar a cualquier criatura que les saliese al encuentro.

Gameknight se estremeció; temblaba de miedo.

—Vamos, tenemos que bajar de esta colina antes de que nos rodeen —dijo el Constructor, cogiéndolo de la mano y tirando de él.

Gameknight echó a correr y luego esprintó colina abajo hacia su objetivo, aunque no estaba seguro de adónde se dirigían exactamente. De repente, una antorcha cobró vida al pie de la montaña y divisaron un letrero apenas visible bajo el brillante círculo de luz, debajo del cual se adivinaban unas puertas de acero.

—¡Allí!, ¿lo ves? —gritó Gameknight mientras el clamor de la horda que los perseguía aumentaba.

El Constructor asintió.

Los gemidos de los zombis y los chasquidos nerviosos de las arañas los rodeaban ya por tres flancos, la masa de criaturas sedientas de sangre se acercaba por momentos. Gameknight miró por encima del hombro y vio la avalancha de monstruos que aparecía sobre la colina. Los ojos negros de los zombis refulgían de hambre, igual que los ojos rojos de las arañas, todos fijos en Gameknight999. Algunos zombis cayeron rodando por las prisas al bajar la colina para dar alcance al Usuario-no-usuario, pero las arañas pasaban por encima de los cuerpos verdosos sin pararse un segundo, con todo su odio centrado en el blanco.

Temblando de miedo, Gameknight continuó, con la vista fija en la antorcha y en las puertas, su salvación. Mientras corría vio varias flechas que pasaron rozando sobre sus cabezas y fueron a parar al suelo junto a ellos. Eran los esqueletos, que les disparaban.

—¡Gira! —dijo Gameknight—, ¡corre en zigzag!

Corrieron a izquierda y derecha para que fuese más difícil alcanzarlos. Las flechas volaban en todas direcciones, pero la mayoría iban a parar al suelo; a veces una les rozaba el brazo o el hombro. Con la carrera en zigzag consiguieron esquivar las flechas, pero también dejaron que los demás monstruos les ganasen terreno. Poco a poco, acortaban la distancia y sus gruñidos hambrientos aumentaban de volumen. «¿Llegarán a tiempo?». A su izquierda, Gameknight vio un grupo de arañas que se dirigía hacia ellos… «No, no son arañas, son arañas de cueva. Oh, no. Leche, no tenemos leche. ¿Cómo vamos a enfrentarnos a las arañas de cueva?» Su veneno los derrotaría, y el único antídoto era la leche. Otro grupo de arañas de cueva apareció por la derecha, más lejos que el primero pero pisándoles los talones.

La antorcha estaba cada vez más cerca, tenían que conseguirlo. Esprintaron todo lo deprisa que pudieron y recorrieron el último tramo mientras una lluvia letal de flechas de hierro caía sobre ellos disparada por los esqueletos, mientras el rugido de los monstruos a sus espaldas crecía y se enfurecía por momentos.

La pareja llegó por fin a las puertas de hierro, pero no había ningún interruptor ni botón, ninguna placa de presión ni otra forma de abrir su única vía de escape; estaban atrapados. Gameknight se volvió hacia el cartel y vio escrito en grandes letras mayúsculas «EL ÁLAMO». Era una broma de Shawny que hacía referencia al último bastión del ejército de Texas que plantó cara a las tropas mexicanas en una batalla que ahora revivían en Minecraft. Por desgracia, ellos eran los texanos, y aquella batalla histórica no había acabado demasiado bien para la defensa.

El Constructor llamó a la puerta de hierro con el puño y pidió a gritos que los dejaran entrar. Mientras tanto, Gameknight se dio la vuelta y se enfrentó a los perseguidores. Los monstruos habían dejado de correr y se acercaban despacio, como si quisieran regodearse en el momento de destruir al último usuario de aquel mundo. Gameknight vio a los enderman al fondo, que solo miraban, rodeados de una nube de polvo púrpura que pintaba un haz de color sobre las sombrías criaturas. Entonces, apareció un nuevo enderman entre la horda enemiga, algo más alto que los demás y de color bermellón en lugar del negro característico: Erebus, con sus ojos refulgentes. Gameknight podía oír la risa de Erebus desde lejos, hasta que de pronto su voz maléfica se elevó sobre el rumor originado por las demás criaturas y articuló dos únicas palabras, las palabras que todos los monstruos habían estado esperando:

—¡¡¡Al ataque!!!

Los monstruos cargaron con la sed de matar arrasándoles los ojos, y lo único que pudieron hacer el Constructor y Gameknight999 fue desenvainar sus espadas y esperar.

CAPÍTULO 14

EL CEBO

De pronto, la puerta de hierro se abrió y un rostro familiar se asomó con una sonrisa traviesa. Era Shawny.

—Hola —dijo con tono juguetón—. ¿Te vienes o qué?

—¡Shawny! —gritó Gameknight. Agarró al Constructor, lo arrastró hasta el interior y cerró la puerta de hierro tras él.

Aquello desencadenó al otro lado un auténtico frenesí: gemidos y aullidos de frustración y odio. En cuanto los zombis llegaron a la puerta, empezaron a golpearla con sus puños romos en un intento por echar abajo la barrera de metal.

—¿Dónde has estado? —preguntó Gameknight alejándose de la puerta y adentrándose aún más en el túnel.

—He estado aquí —contestó Shawny—, esperando a que alborotaras a los monstruos. Tienen que estar bien enfadados si queremos que esto funcione.

—¿Está todo listo? —jadeó El Constructor, tratando de recuperar el aliento. Tenía la cara perlada de sudor.

—Claro —respondió Shawny—, pero no ha sido fácil conseguir la ayuda de algunos usuarios. Has cabreado a un montón de gente, Gameknight. No tienes muchos fans.

Gameknight miró al suelo, quizá avergonzado por primera vez de su comportamiento. Se fijó después en su amigo, probablemente el único que tenía, y se alegró de que estuvieran juntos. Alzó la vista y percibió el hilo plateado y reluciente que brotaba de la cabeza de Shawny hacia el techo rocoso y lo conectaba al servidor, así como su nombre, que flotaba en el aire y brillaba con fuerza en el sombrío túnel.

—Ya sé —afirmó con solemnidad— que no me he portado bien con la gente.

—¿Que no te has portado bien? Te has portado como un auténtico imbécil.

—Sí, es cierto. He sido irrespetuoso y ofensivo, y he hecho daño a la gente por diversión. Solo pensaba en mí, y metí la pata. —Suspiró—. Me sorprende que alguien venga a ayudarme después de todo lo que les he hecho a los demás... incluso a ti, Shawny. Gracias.

Shawny miró a Gameknight con curiosidad y dijo con una sonrisa creciente:

—Nunca pensé que harías eso.

—¿Hacer qué? —preguntó Gameknight.

—Dar las gracias —respondió su amigo.

Gameknight le dio una palmada en la espalda a su amigo, pero tuvo que volver a la realidad cuando el ruido de los enderman empezó a resonar a través del pasadizo.

—Vamos —dijo Shawny—. Tenemos que salir de la cueva antes de que se abran paso. Los enderman no tardarán en apartar los bloques de tierra que rodean las puertas, y entonces podrán entrar.

Avanzaron por el pasadizo guiados por Shawny. Había algunas antorchas colocadas en las paredes que arrojaban algo de luz. El túnel trazaba un sinuoso recorrido hacia las profundidades de la colina; a medida que descendían, hacía más frío. En algunos tramos la anchura del pasadizo era de dos o tres bloques, y en otros, en cambio, de uno solo, por lo que el grupo se vio obligado a avanzar en fila.

—Deberíais saber algo —dijo Shawny con un tono inusualmente serio mientras caminaban por el túnel—: Algo no va bien en Minecraft.

—¿Qué quieres decir? —preguntó Gameknight.

—No sé por qué, la reaparición no funciona.

—¿La reaparición?

—Cuando morimos, no reaparecemos —explicó Shawny—. Nos salimos del servidor y no podemos volver a entrar, como si nos hubieran expulsado o bloqueado, pero no solo en este servidor sino en todos. Nuestro Minecraft se corrompe de algún modo y no se reconecta. En Internet no se habla de otra cosa.

—¿Pero aparece en la pantalla el martillo de banear? —interrogó Gameknight.

—No, sencillamente no puedes conectarte. Los servidores aparecen en la lista, pero no se puede acceder a ninguno. Todos los usuarios de aquí lo saben: si mueren estando aquí, no podrán volver a entrar en Minecraft. Si morimos todos, te quedarás solo.

—¡Qué alentador! —dijo Gameknight en tono sarcástico mientras avanzaba a toda prisa por los túneles.

—Es la guerra —interrumpió el Constructor.

El lejano rumor de sus enemigos aumentaba la tensión del trayecto.

—Los monstruos han conseguido suficiente PE para desestabilizar este mundo; han cambiado los mecanismos que controlan este servidor. Se disponen a ascender al siguiente plano de servidor, más cerca de la Fuente. Tienen que ganar esta batalla para destruir este servidor y pasar al siguiente nivel.

—¿Y qué pasa si tú mueres? —Shawny preguntó a su amigo con tono preocupado.

—No lo sé, pero seguro que duele... —Gameknight hizo una pausa cuando el recuerdo de la primera araña inundó su mente—. Cuando los monstruos te golpean duele como si fuese real. Prefiero no saber lo que se siente al morir: seguro que es, como mínimo, desagradable. Y no sé qué puede pasar. A lo mejor reaparezco o me salgo de la partida y regreso al sótano, o...

—¿O qué? —preguntó Shawny casi en un susurro. El ruido de sus pasos llenaba el túnel de ecos sordos.

—O me muero... ya sabes... de verdad.

En ese preciso instante, el pasadizo desembocó en una caverna enorme llena de lava. Había una isla de piedra y arena en el centro rodeada de roca fundida. Percibieron el olor a azufre que inundaba la sala a la vez que el calor de las piedras derretidas les golpeaba la cara y los obligaba a retroceder un paso. El tamaño del lugar sobrecogió a Gameknight. La descomunal isla en el centro podría albergar a mil personas, pero lo más impresionante era la cantidad de lava, aquel lago que se adentraba en los recovecos de la caverna hasta perderse de vista. A su alrededor había paredes y techos labrados de forma tosca. Estaba claro que los usuarios la habían excavado con sus picos: habían tallado la inmensa cámara expresamente para aquella batalla. Un ejército de usuarios había perforado los túneles que se distinguían al otro extremo de la caverna y los habían iluminado con antorchas. Gameknight no estaba seguro de a dónde conducían, pero, por alguna razón, su presencia le tranquilizaba.

Un círculo de antorchas rodeaba la caverna. Estaban colocadas a cuatro bloques de altura y con una separación de cinco bloques, pero sus llamas alumbraban poco en comparación con el anaranjado resplandor de la lava, que probablemente era fruto de la construcción de la titánica estructura. Unas escaleras de piedra descendían desde el túnel estrecho al suelo de la caverna, y desde allí comunicaban con un puente angosto que se alzaba sobre la lava ardiente y se ensanchaba al llegar a la isla central. En el lado opuesto se veía otro puente prácticamente igual que el primero: uno de entrada y otro de salida. En la orilla más lejana había una plataforma de unos diez bloques de anchura que rodeaba la parte exterior y que era lo bastante amplia para dar cabida a cien defensores, aunque estaba desierta.

—¿Dónde está todo el mundo? —preguntó el Constructor con miedo en la voz.

—Dijeron que vendrían —respondió Shawny, y su voz sonó agitada y algo asustada.

El ruido de los monstruos podía oírse en el túnel tras ellos. Gameknight casi sentía su maldad y su odio. Tenía miedo.

—Cruzad el puente, rápido —ordenó Shawny, recorriendo a la carrera la estructura de piedra que salvaba el torrente de lava.

Los tres compañeros avanzaron hasta llegar a la isla. Sentían el calor de la lava, que burbujeaba y lanzaba ceniza al aire. La piedra fundida iluminaba la cámara como si fuera de día.

—¿Y ahora qué? —quiso saber Gameknight—. Nosotros tres no podremos defender el puente solos. Tenemos que atraerlos a todos hasta la isla. Y después llegará la sorpresita que les tenemos preparada.

En ese preciso instante, el clamor de los monstruos llenó la caverna y en la apertura del túnel se agolparon un montón de zombis y arañas de cueva. Entre los brazos y las piernas de los que estaban en primera línea de batalla se distinguían muchos esqueletos blancos y slimes verdes y luminosos. Un escalofrío llenó el alma de Gameknight de miedo —o más bien terror.

«Son muchos... cientos... quizá miles. ¿Y ahora qué? ¿Cómo vamos a sobrevivir? Ojalá no hubiera sido tan orgulloso, tan arrogante e irrespetuoso, tan...»

De pronto, una presencia surgió de la nada junto a él sin hacer ruido. Era un usuario. Gameknight vio letras flotando sobre su cabeza, así como un hilo largo y plateado que ascendía y atravesaba el techo de piedra como si no estuviera allí. Ponía «Disko42», el célebre maestro de la piedra roja. Después apareció otro usuario con otro filamento de plata que se alargaba hacia arriba: «PaulSeerSr». En cuestión de segundos, la isla se llenó de usuarios que se materializaban espada en ristre, unos con armaduras de diamante, otros iluminados con hechizos, otros tantos armados con hierro, pero todos listos para luchar. Sobre la isla se agolpaban unos treinta o cuarenta usuarios, y su repentina presencia había hecho que los monstruos del túnel se detuvieran y fijaran sus ansiosos ojos en las nuevas amenazas. Pero cada vez aparecía más gente en la caverna, algunos engrosando las filas de la isla, otros en la plataforma rocosa al otro lado del lago. Una mirada brillaba en sus rostros.

Los usuarios estaban preparados para luchar.

Gameknight999 miró a su alrededor, asombrado por el nivel de los jugadores que veía: AntPoison, SkyKid, HoneyDon't, Zefus, Sin, Pips, SgtSprinkles... los jugadores más importantes y más experimentados habían acudido en su ayuda. Se sentía honrado.

—Gracias a todos por venir a ayudarme —gritó Gameknight para que todos pudieran oírle.

Algunos jugadores se echaron a reír.

—No hemos venido por ti, Gameknight —se mofó una voz a su izquierda.

—Exacto. Hemos venido por las cosas raras que están ocurriendo en Minecraft —explicó otra voz.

—Y por Shawny —añadió AntPoison, que estaba a su lado—. Nos dijo que era importante y que alguien necesitaba nuestra ayuda. No mencionó que fuera el «gran Gameknight999» —dijo con sarcasmo.

Se oyeron varias protestas más entre la multitud, pues la idea de socorrer al peor griefer de Minecraft no tenía buena acogida.

—¡Escuchad! Los monstruos están intentando conquistar Minecraft, y tenemos que impedírselo —imploró Gameknight—. Olvidaos de mí. Ahora hay que salvar Minecraft para evitar que estos monstruos crucen al mundo físico.

Algunos se rieron, pero la mayoría permaneció en silencio sin apartar los ojos de Gameknight999.

—Os oigo reír y veo incredulidad en vuestras caras —exclamó el Constructor—, pero lo que hay en juego es mucho más que un simple programa de ordenador. —Los usuarios se sorprendieron al oír hablar a un PNJ, pero todavía les impresionó más verlo con una espada en la mano—. Todos los PNJ de Minecraft están vivos, igual que yo. Somos conscientes, sabemos que existimos y valoramos nuestras vidas. Tenemos esperanzas y sueños, pero los griefers y troles pensáis que esto solo es un juego y que los PNJ somos prescindibles. Bueno, pues a ver qué os parece esto: sentimos dolor. Sentimos tristeza cuando nuestras esposas o nuestros hijos mueren. Sentimos pena cuando nuestras casas se vienen abajo por culpa de vuestro uso descuidado del poder. Ahora todos los PNJ del servidor están luchando contra los monstruos, arriesgando sus vidas por salvar este mundo y el vuestro.

»Hay servidores por encima de este mundo que están más cerca de la Fuente, y en cada uno hay monstruos más fuertes: zombis, arañas, enderman y creepers que quieren destruirlo todo... absolutamente todo hasta llegar a la Fuente. Y cuando acaben con la Fuente, acabarán con todo: los monstruos llegarán a vuestro mundo, el mundo analógico.

El Constructor volvió la vista hacia los que estaban en la isla y, señalando a los usuarios con un dedo acusador, prosiguió:

—Seguid riéndoos de Gameknight y de mí, pero recordad este instante en el que tuvisteis la ocasión de cortarle el paso a la marea de monstruos. Y cuando los creepers vayan a vuestras casas y agujereen las paredes para que los zombis y las arañas entren en vuestro dormitorio, recordaréis que en lugar de luchar, os burlasteis... Y al final, cuando las garras negras de las arañas atraviesen vuestras sábanas y los zombis os arranquen la piel, lo que oiréis serán sus espantosas risas. Recordad este momento y después llorad.

—Tiene razón —añadió Shawny—. He visto lo que está ocurriendo y es algo que nos supera con creces. Tenemos que detener a estos monstruos aquí y ahora. Si no, ¡quién sabe lo que podría ocurrir!

Los usuarios escucharon al Constructor y a Shawny con atención, y después se pusieron a hablar entre sí. Algunos dejaban el debate para mirar a Gameknight, y acto seguido volvían a discutir. Los monstruos mantenían su posición al otro lado del puente, esperando inseguros. Al final, HoneyDon't alzó la voz de la razón sobre todas las demás. Por lo general hablaba siempre en broma, pero la seriedad de sus palabras y su timbre expeditivo de entonces persuadió a las masas.

—Hemos deliberado y vamos a echaros una mano, pero no por él —dijo HoneyDon't señalando a Gameknight—, sino por Minecraft. Está claro que algo está ocurriendo en los servidores, y si esta batalla ayuda, estamos dispuestos.

Gameknight suspiró aliviado, consciente de que la

presencia de aquellos usuarios podría cambiarlo todo: con suerte inclinaría la balanza a su favor.

—Gracias a todos —exclamó Gameknight, y después se volvió hacia la horda enemiga con la espada desenvainada, preparado para luchar. Los monstruos, sin embargo, parecían presentir una trampa, por lo que seguían quietos en la entrada de la cueva.

—¿Por qué no nos atacan? —preguntó Shawny.

—Sospechan que es una trampa —murmuró el Constructor—. Tenemos que atraerlos hasta la isla.

—¿Cómo? —inquirió HoneyDon't—. Quizá podríamos convencerlos con unas galletas de chocolate.

—Un poquito de seriedad —le interrumpió Zefus, dándole a su amigo un empujón—. Bueno, ¿qué hacemos?

—Tenemos que atraerlos hasta aquí —dijo el Constructor en voz baja—, pero no se me ocurre cómo.

—Así —exclamó Gameknight, y, dando un paso hacia los monstruos, gritó—: ¡Erebus, da la cara!

No pasó nada. Gameknight se acercó al puente ante la atenta mirada de los monstruos, que llenaban el ambiente con gruñidos y gemidos.

—¡Erebus, da la cara o se te conocerá como el enderman más cobarde de Minecraft!

Aquel insulto acalló los lamentos de los zombis y detuvo los botes de los slimes. Ese desafío había sorprendido a todos los monstruos. De repente, una presencia de color rojo oscuro se materializó al otro lado del puente de piedra, rodeada por una nube morada. Era Erebus, el líder de los monstruos de aquel servidor. El enderman miró desde el otro lado del puente a Gameknight999 con los ojos centelleantes de rabia. Gameknight bajó la vista muy deprisa.

—¿Qué has dicho, Usuario-no-usuario? —se burló Erebus con un chillido agudo—. ¿Quieres venir aquí a hablar? Venga, acércate.

—No tengo nada que decirte, monstruo, solo que os compadezco a ti y a todas esas mascotas tuyas. En todos los servidores de Minecraft se hablará de vuestra cobardía. Mil monstruos asustados por un puñado de usuarios... Me dais pena.

Los monstruos empezaron a farfullar, especialmente los zombis. Algunos avanzaron varios pasos con intención de atacar, pero Erebus estiró el brazo para que se quedaran en sus sitios, cortándoles el paso con su cuerpo oscuro y alto.

—¡Ja, ja, ja! —rio Gameknight—. Ni siquiera puedes controlar a tus bestias. Tú eres el que da más pena. En la aldea no fuiste rival para mí y aquí tampoco lo eres. Te recomiendo que te quedes al margen de la batalla, aunque tu muerte no supondría una gran pérdida para este mundo: no serías más que otro bicho insignificante que acaba aplastado.

Observó que el enderman empezaba a agitarse y que le refulgían los ojos.

—Tus enderman no son más que ladrones que van de un lado para otro robando bloques de tierra y de arena. ¿No sabéis hacer nada más? No tienes un objetivo claro, igual que tus mascotas. Dais pena, sois un error de programación. Y sabed que no podéis avanzar. Os lo prohíbo.

Gameknight trazó una línea en el suelo con su espada de diamante, una raya visible a sus pies.

—Habéis aterrorizado aldeas enteras en este servidor, habéis acabado con la vida de PNJ y usuarios sin otra razón que saciar vuestra sed de muerte: pues bien, os prohíbo que hagáis más daño. Aquí pongo el límite —gritó Gameknight—. Nadie podrá pasar a no ser que se enfrente a mí, aunque dudo que haya entre vosotros alguien lo bastante fuerte o valiente para intentarlo.

Erebus estaba a punto de estallar. Se agitaba cada vez con más violencia.

Gameknight se llenó la boca de saliva, escupió al grupo de monstruos con una mueca en la cara y después profirió una carcajada burlona e irrespetuosa que retumbó en la cueva.

Fue la gota que colmó el vaso. El alambre oxidado que mantenía el corcho en su sitio, que contenía toda la rabia y el odio embotellados en el pasadizo, se soltó de golpe. Los monstruos cargaron contra los usuarios con una sola cosa en la mente: matar. Gameknight tensó el arco y empezó a disparar proyectiles a la oleada mortífera que se abalanzaba sobre ellos, acabando con un zombi, una araña de cueva y después un esqueleto. Entonces, varias fuertes manos lo agarraron y lo arrastraron mientras él seguía disparando. Giró la cabeza y vio a Shawny a un lado y a Skykid al otro. Lo soltaron y desenvainaron sus espadas.

—¡Recuerda el plan! —gritó Shawny antes de volverse hacia sus enemigos.

Gameknight preparó otra flecha y avanzó al frente del grupo de usuarios. Miles de monstruos lo observaban, y, para su sorpresa, no tenía miedo. Por primera vez estaba haciendo algo por ayudar a los demás en vez de a sí mismo y se sentía bien. Deseó que aquella sensación continuara cuando le atravesaran la piel con garras y colmillos. Suspirando, Gameknight permaneció a la espera.

CAPÍTULO 15

LA TRAMPA

Los monstruos corrían por el puente con un solo objetivo: «matar a Gameknight999». Con las prisas por cruzar, muchos se cayeron de la estrecha estructura a los ansiosos brazos de la lava que rodeaba el puente y la isla. Pero no importaba que un puñado de monstruos murieran por su sed de violencia, ya que había cientos en el túnel. La situación seguía pareciendo desesperada.

Los defensores empezaron a usar los arcos para disparar sobre los monstruos a distancia. El arma encantada de Gameknight vibraba con cada flechazo, uniéndose a la reverberación de los demás arcos a su alrededor y creando un sonido similar al de una orquesta cuando se afinan los instrumentos; cada cuerda resonaba en una nota distinta, dando lugar a armonías y disonancias. Gameknight acertó a un zombi en la cabeza, a una araña de cueva y a un esqueleto, pero su mano no era capaz de disparar lo bastante rápido para acabar con todos los blancos que tenía delante. Una flecha le golpeó en la armadura, regalo de un esqueleto. Se la sacudió y siguió disparando.

—Concentraos en las arañas de cueva —vociferó Shawny.

El veneno de aquellas arañas era mortal, y el único antídoto era la leche, algo que ninguno había pensado en traer a la batalla. Primas hermanas de las arañas comunes de Minecraft, las de cueva eran feroces luchadoras y solían habitar mazmorras subterráneas. Iban a la cabeza del grupo de monstruos en el puente de piedra, y sus ocho patas peludas avanzaban deprisa. Todos los arqueros apuntaron y lanzaron una lluvia de flechas contra aquellos oscuros terrores. Los proyectiles rematados con plumas convirtieron las arañas en auténticos acericos. Después se desmaterializaron.

Otra flecha rebotó en el hombro de Gameknight y alcanzó al usuario que tenía detrás.

—¡Ahora apuntad a los esqueletos! —gritó Shawny ante la cercanía de los monstruos—. ¡Acabad con sus arqueros!

Algunos zombis se acercaban peligrosamente a varios de los usuarios. Los arcos servían de muy poco contra los monstruos verdosos en las distancias cortas. Gameknight desenvainó la espada y se lanzó a la carga.

—¡Por Minecraft! —Su grito de batalla retumbó en toda la caverna.

Gameknight acabó con el primer zombi con tres golpes a la cabeza. Después se volvió y arremetió contra sus acompañantes, pero varios zombis intentaron esquivarlo con la intención de rodearlo con sus brazos verdes. De pronto, varios usuarios se unieron a él: Disko42 a su derecha y PaulSeerSr a su izquierda, ambos con una espada de diamante encantada en la mano. Después Zefus avanzó y cerró filas con ellos. Sus centelleantes armas de color cobalto se desdibujaban a cada golpe que asestaban a sus oponentes. Los zombis se desmaterializaban a su alrededor, pero eran demasiado numerosos para los cuatro defensores que se enfrentaban a ellos.

—¡Tenemos que replegarnos! —gritó PaulSeerSr.

—¡No, luchad como en Wing Commander! —exclamó Gameknight, acabando con un zombi con armadura dorada—. Golpead y corred, golpead y corred. Venga, seguidme.

Gameknight echó a correr hacia la izquierda seguido por los otros tres usuarios. Atravesaron como un rayo el campo de batalla, atacando a cualquier objetivo que se les cruzara. No llegaban a matar a los zombis, pero sí les infligían daño. Cuando llegaron al otro extremo de la isla, dieron la vuelta para repetir la acción. El segundo ataque fue mortal para los monstruos en la primera línea de batalla: sus armas acabaron con los zombis y eliminaron la vanguardia del ejército enemigo como un borrador en una pizarra. Pero los monstruos seguían avanzando. Ahora las arañas comunes se abrían paso, dejando atrás a los slimes, que eran más lentos y estaban empezando a cruzar a saltos el puente de piedra.

—Esto no funciona —dijo Disko42—. Tenemos que salir de la isla.

—¡Aún no! —gritó Gameknight, que acababa de asestarle un golpe mortal a una bestia peluda—. Tenemos que atraer a todos los monstruos a la isla para que la trampa funcione.

—Entonces tenemos que replegarnos para que tengan más espacio —dijo Zefus mientras convertía un esqueleto en una montaña de huesos con dos mandobles de su reluciente espada—. Retiraos poco a poco hacia el otro puente.

—De acuerdo —asintió Gameknight.

Abandonó la línea para unirse a Shawny, que dirigía a los arqueros.

—Retroceded hacia el otro puente —le dijo a su amigo—. Que los espadachines vayan al frente para cubrir la retaguardia, y que haya arqueros al otro lado de la lava. Preparad también la piedra roja.

Shawny asintió y empezó a dar órdenes. La mitad de los arqueros cruzó el puente y la otra mitad desenfundó su espada y se lanzó a la carga. Gameknight observó a uno de los usuarios, HoneyDon't, que se acercó a una palanca que había en la pared de tierra de la caverna y permaneció a la espera de la señal para activarla. Esa era la primera parte de la sorpresa.

—¡Espadachines, avanzad! —vociferó Gameknight con la espada en alto—. ¡¡¡Por Minecraft!!!

Los guerreros avanzaron coreando este grito de guerra. Gameknight vio con sorpresa que a su lado estaba el Constructor, agitando su espada de hierro y partiendo monstruos por la mitad.

—¿Qué haces aquí? —exclamó Gameknight—. Cruza el puente y ponte a salvo.

—Nuestros destinos están unidos, amigo —replicó el Constructor—. Me quedo a tu lado.

Una araña saltó sobre ellos. Sus espadas resonaron a la vez en su ataque simultáneo contra la bestia. Los dos se desplazaban por el campo de batalla como un torbellino de muerte, girando entre los monstruos, golpeando el uno mientras defendía el otro. Era como ver ballet, excepto, sin duda, por las garras y colmillos que trataban de triturar su carne. Cuando repitieron el recorrido, Gameknight observó que la mayoría de los monstruos estaban en la isla. Solo faltaban los creepers, que se habían quedado en el puente al otro lado de la cueva, y los enderman, que seguían en la boca del túnel. Gameknight percibía el odio y la rabia de los monstruos, su sed de muerte resonaba en su cabeza. La sensación de ser el objetivo de toda aquella maldad era espantosa, pero tenía que evitar pensar en ello y alzar algún tipo de barrera para no dejarse abrumar. Contuvo el miedo —o más bien el terror— y buscó a su amigo Shawny, que estaba en el flanco derecho, espada en mano, cortando slimes por la mitad y troceando los pequeños fragmentos saltarines que quedaban. Gameknight se puso a su lado, señaló a los creepers e hizo un gesto hacia todos los monstruos.

—¡Ahora! —gritó a su amigo.

Shawny asintió y se dispuso a dar la orden a Honey-Don't, que tenía la mano en la palanca. Pero antes de que pudiera moverse, un enderman apareció a su lado, alargó sus brazos oscuros y se llevó el bloque de arena sobre el que estaba la palanca, que se precipitó junto con la piedra roja que tenía detrás. Flotó un instante sobre la roca y después cayó en la lava. Habían perdido la palanca. Otro enderman apareció y se llevó más bloques de arena con una risa malévola. Aquella carcajada se les clavó como una lanza terrorífica a quienes la oyeron. Después el enderman desapareció, dejando una nube de partículas moradas. Había más piedra roja en el suelo.

—¡La piedra roja! —gritó HoneyDon't a Shawny con su acento británico, que sonaba cómico incluso en un momento como aquel—. ¡La han destruido!

Shawny cruzó el puente, se abrió paso entre los arqueros de la plataforma y se situó junto a HoneyDon't. El circuito de piedra roja estaba hecho pedazos.

—¿Alguien tiene una palanca? —aulló Shawny.

Nadie tenía ninguna.

—Tenemos que impedirles que huyan. Destruid el puente de entrada —ordenó Shawny con miedo en la voz— o escaparán.

Todos sabían que si los monstruos se libraban, la batalla no habría servido para nada y tendrían que repetirla en alguna otra parte del servidor, siempre y cuando lograran sobrevivir.

Shawny volvió a la isla y llamó a su amigo. Gameknight se separó del frente y se acercó en compañía del Constructor, cuya armadura estaba arañada y dentada por los golpes recibidos.

—Por desgracia, el detonador del otro puente se ha estropeado —explicó Shawny—. No podemos destruir su vía de escape. Los monstruos podrán huir cuando activemos la trampa. El plan ha fracasado.

Shawny bajó la vista en señal de derrota, y una flecha que pasó volando por encima de su cabeza estuvo a punto de alcanzarle en el casco. Gameknight se fijó en el puente y después examinó el campo de batalla: la rocosa isla estaba sembrada de las armaduras y armas de los caídos. Los monstruos seguían avanzando, haciendo que los espadachines retrocedieran hacia un lado de la isla. Los arqueros, desde la plataforma, lanzaban flechas tan rápido como podían. Estaban reduciendo el ejército de monstruos, pero el enemigo era tan numeroso y los defensores tan pocos que sus esperanzas parecían menguar.

—Si no destruimos el puente, el plan no funcionará —dijo Gameknight con solemnidad—. Deberíais retiraros. Tomad el túnel al otro lado de la cueva y huid.

El sabor de la derrota resultaba amargo. Habían perdido. Él había perdido. El mundo de Minecraft iba a ser destruido y los monstruos avanzarían hacia la Fuente, cada vez más cerca de su familia, de su hermanita. ¿Qué había hecho? Ojalá hubieran venido más usuarios, ojalá no se hubiera comportado como un imbécil con los demás jugadores. Quizá... quizá... Pero entonces la heladora risa de Erebus resonó por toda la caverna. Gameknight fijó la vista en el enderman rojo oscuro. Parecía que el rey de los monstruos estaba sonriendo, mostrando sus inquietantes dientes como una serpiente a punto de atacar. La segunda carcajada de Erebus llegó cuando Gameknight abandonaba ya toda esperanza.

CAPÍTULO 16

EL SENTIDO DEL SACRIFICIO

—¡**N**o! —gritó el Constructor—. No pueden derrotarnos. No nos rendiremos. Hay demasiada gente que confía en nosotros para protegerlos. —A continuación, elevó el tono para que toda la defensa pudiese oírlo—. La derrota no es una opción aceptable —gritó con tal fuerza que sorprendió a todos en la gruta, monstruos y usuarios—: ¡¡¡Minecraft!!!

Su grito de guerra reverberó por toda la sala como un trueno.

Entonces el Constructor hizo algo inverosímil. La batalla se interrumpió y todos, atacantes y defensores, dejaron de luchar para mirarlo. El Constructor esprintó hasta el campo de batalla y cruzó la isla de monstruos, empujando a las arañas gigantes y derribando zombis y slimes hasta alcanzar el otro extremo. Corrió a través del multitudinario y potente ejército de monstruos hasta el puente poblado de creepers, golpeando a las criaturas verdes a su paso; una empezó a sisear y parpadear al encenderse el detonador. Después se volvió hacia otra y la golpeó, activando la bomba móvil, y luego otra, y otra más, hasta que tuvo al menos a media docena de creepers parpadeando y a punto de estallar. Los creepers detonaron con gran estruendo y volaron un montón de bloques que dejaron a la vista los explosivos enterrados debajo, que también empezaron a parpadear. Los bloques rojos y negros tenían preparado su propio regalo explosivo, que estalló generando aún más destrucción, llevándose por delante el puente entero y a todos sus ocupantes, el Constructor entre ellos. La salida trasera de la isla quedó inutilizada. Los monstruos estaban atrapados.

—¡Nooooo! —gritó Gameknight cuando vio volar por los aires el cuerpo de su amigo rodeado de esferas brillantes de PE provenientes de los cadáveres de los creepers. Tenía la armadura destrozada y parpadeaba en rojo a causa del daño recibido.

Para Gameknight todo parecía suceder a cámara lenta: el cuerpo de su amigo elevándose lentamente en el aire, los brillantes orbes de experiencia flotando hacia él en un torbellino de colores y el cabello gris flotando tras él como una bandera plateada. Con todos los músculos en tensión y casi sin aliento, Gameknight cruzó la mirada con el Constructor mientras este ascendía. Una expresión de infinita tristeza mezclada con horror se expandió por el rostro de Gameknight. Su amigo estaba muriendo.

—¡Constructor! —gritó, y su voz resonó en toda la gruta—. ¡¡¡Constructor!!!

Y entonces, el Constructor hizo algo que Gameknight jamás olvidaría... sonrió. Una expresión de satisfacción inundó el rostro del anciano PNJ mientras el cuerpo parpadeaba en rojo una y otra vez en señal de que su salud se agotaba. Cuando el último aliento abandonó a su amigo, Gameknight habría jurado que le oyó tararear aquella melodía que tanto le gustaba. Después cerró los ojos y se desvaneció.

El Constructor había muerto.

Gameknight cayó de rodillas, derribado por el dolor. Su amigo había muerto. Un dolor que nunca antes había sentido le atravesó desde lo más profundo de sí. Era peor que las garras negras de las arañas, peor que las uñas afiladas de los zombis. Aquel dolor llegaba a cada rincón de su ser: lloró con el cuerpo, la cabeza y el alma, consumido por la agonía y la desesperación. Había mirado al Constructor a los ojos mientras se moría; la sonrisa y la expresión de satisfacción en el rostro de su amigo eran algo que nunca olvidaría.

Alguien levantó a Gameknight y lo arrastró fuera de la isla. No sabía quién era, pues la pena y el dolor lo llevaban en volandas como una tormenta terrible. Pudo haber sido Zefus, o quizá Sin, no estaba seguro y no le importaba. Entonces, Shawny apareció junto a él.

—El Constructor ha muerto... Mi amigo... ha muerto —dijo Gameknight llorando, con las lágrimas cuadradas surcándole las mejillas—. ¿Por qué ha hecho eso? ¿Por qué se ha sacrificado así? Sabía que no saldría con vida.

—No lo sé —dijo Shawny solemnemente—. Quizá pensó que podría matar a los creepers y escapar.

—Pero ¿por qué? Sabía que no sobreviviría, sabía que lo matarían. ¿Cómo ha podido hacer algo así?

Y entonces lo entendió todo. El Constructor se había sacrificado por amor a su familia: sus amigos, su aldea... y Minecraft. Se había sacrificado por la gente a la que quería, porque apreciaba tanto su amor que merecía la pena poner su vida a merced de los creepers por ellos. El Constructor había hecho aquello porque sabía que así podía salvar a sus seres queridos. Un sentimiento de orgullo se apoderó de Gameknight al darse cuenta de que había tenido como amigo a una persona tan noble y valiente. De alguna forma, darse cuenta de aquello le dio fuerza y coraje.

—Tu sacrificio no será en vano, Constructor —dijo en voz alta, sin dirigirse a nadie y a todos a un tiempo—. No lo permitiré.

Gameknight desenvainó su refulgente espada de

diamante, se irguió y encaró a sus enemigos. Los monstruos estaban tratando de cruzar lo que quedaba del puente; los espadachines bloqueaban la vía, no sin dificultad. Los arqueros, apostados en la estrecha cornisa que rodeaba la isla, disparaban flechas a las bestias y apuntaban a las que trataban de asaltar el puente, en un intento de apoyar a los espadachines. No aguantarían mucho más, la marea de monstruos era demasiado grande. Pero los usuarios aún tenían una sorpresa más para los monstruos.

—¡Preparad el interruptor! —gritó Shawny por encima de su hombro.

Gameknight se dio la vuelta y vio a AntPoison de pie junto a otra palanca de piedra roja que agarraba con sus manos cuadradas. De repente, un enderman envuelto en un haz de partículas púrpura se teletransportó desde el otro extremo de la caverna. La criatura oscura empujó a AntPoison, lanzando al usuario con armadura de diamante a la lava, y después extrajo el bloque sobre el que estaba la palanca, que también cayó al torrente de roca fundida. Los usuarios se abalanzaron espada en mano sobre la criatura, pero el monstruo se teletransportó de nuevo y solo quedó su risa maquiavélica resonando en la gruta. Habían destruido su última trampa, su última esperanza.

—¿Qué vamos a hacer? —dijo Shawny con la voz temblorosa por el miedo.

Por primera vez Shawny no tenía el control de la situación, su confianza se había resquebrajado. Contagió su incertidumbre al resto de usuarios supervivientes, todos con la mirada puesta en los túneles que se abrían a sus espaldas hacia la superficie, hacia la salvación y hacia la derrota. Algunos echaron a correr.

—¡No, no podemos retirarnos! —gritó Gameknight—. ¡Tenemos que luchar!

—¿Luchar para qué? —contestó alguien—. ¿Para que nos baneen de Minecraft para siempre, si podemos buscar un lugar seguro y desconectarnos?

—Sí, ¿por qué íbamos a eliminar nuestras posibilidades de jugar? —protestó otra voz.

—¡No lo entendéis! —repuso Gameknight, gritando con todas sus fuerzas—. Esto no es solo un juego de ordenador. Los habitantes de Minecraft están vivos y han sufrido para que podamos jugar a este estúpido juego. Ahora tenemos que devolvérselo, tenemos que hacer algo nosotros por ellos esta vez.

Alguien se echó a reír.

—Ja, ja, ja. Gameknight999 haciendo algo por los demás en vez de por sí mismo... Tiene que ser una broma —dijo SkyKid, mientras envainaba la espada y se alejaba de la batalla hacia los túneles de detrás—. Además, no podemos luchar contra tantos monstruos y salir con vida. Es un suicidio. Teníamos una trampa preparada y no ha funcionado. ¿Qué vas a hacer, activarla por arte de magia y cargarte tú solo a todos los monstruos? ¿Y cómo, a ver? ¿Vas a lanzarte a las garras y los colmillos de los monstruos y dejar que te hagan trizas?

El silencio asoló la gruta. La batalla se detuvo para escuchar el enfrentamiento. Erebus, al frente de su ejército, profirió una risa escalofriante como solo un enderman puede emitir.

—Sí, Usuario-no-usuario, ¿qué vas a hacer? —dijo Erebus con voz estridente y provocadora. Sus ojos refulgían en contraste con su cara rojo oscuro.

La derrota parecía envolverlo como un sudario, un sabor amargo inundaba su corazón. Le había fallado al Constructor, a Excavador, a la niña de la aldea... y a su hermana. Les había fallado a todos. Gameknight agachó la cabeza lentamente a medida que la desesperanza lo arrasaba como una tempestad implacable. Un sentimiento de fracaso atronaba su cabeza y agotaba toda su esperanza. Erebus se rio y la carcajada retumbó en la gruta, ahora en silencio, pero entonces la melodía que el Constructor siempre tarareaba empezó a penetrar en la memoria de Gameknight y ocupó el lugar de la risa maquiavélica. Era una canción feliz, una melodía que celebraba la vida, lo hermoso que era estar vivo en el maravilloso mundo de Minecraft. Y la canción le devolvió la esperanza a Gameknight. De pronto entendió a su amigo, lo feliz que era al haber emprendido aquel viaje, al haber servido a su aldea con su último aliento; de repente, Gameknight lo entendió todo. Su cabeza se llenó de imágenes del Constructor, de su alegre sonrisa y de su amor por la vida, y al fin comprendió lo que tenía que hacer, pese al miedo y la aprensión que le producía.

Dejó a un lado la espada. Erebus estalló en una risa triunfante a la que se unieron todos los monstruos, una inmensa carcajada que inundó la gruta y obligó a los usuarios a taparse los oídos. Shawny agachó la cabeza, y los demás usuarios lo imitaron, con la derrota pintada en las caras. Algunos se acercaron a los túneles de salida en busca de un lugar seguro donde desconectarse sin que los atacaran. Pero, para sorpresa de todos, Gameknight empezó a tararear una alegre melodía… la canción del Constructor. Los armónicos acordes interrumpieron las risas de los monstruos como un cuchillo afilado.

Sacó su pico con cuidado. Miró la tosca herramienta de hierro y vio que estaba desconchada y arañada por todas partes, casi inservible… como él. Gameknight levantó la cabeza, miró directamente a los ojos refulgentes de Erebus y sonrió. El enderman empezó a temblar cuando la mirada del Usuario-no-usuario comenzó a provocarlo, y entonces Gameknight esprintó hasta el centro de la isla. Como había ocurrido con el Constructor, los monstruos se quedaron inmóviles al ver lo que hacía mientras Gameknight atravesaba la horda enemiga, dejando atrás a arañas y zombis, incluso empujando a varios enderman, puesto que ya le daba igual a quién provocar o enfadar. Solo tenía una cosa en mente: salvar Minecraft.

Cuando llegó al centro de la isla, Gameknight empezó a cavar hacia abajo. Aquello era un pecado mortal, un error de novato, pero él sabía lo que había debajo de aquella última capa de piedra: la salvación para todos... excepto para él. Los monstruos se dieron cuenta de lo que estaba haciendo y se abalanzaron sobre él como un enjambre de avispas furiosas, intentando alcanzarlo con sus garras dentadas y sus colmillos afilados. El dolor se extendió por todo su cuerpo cuando los monstruos alcanzaron la carne. La armadura cedió enseguida, la coraza de hierro no aguantó la arremetida; entonces comenzó la auténtica agonía. Entre zarpazos provenientes de todas partes, Gameknight sintió como si tuviese los nervios en llamas, como si le gritaran todos a un tiempo, diciéndole que pronto moriría, pero le daba igual. Solo pensaba en excavar. Y excavó, picando los bloques de piedra para liberar los explosivos de debajo y el intrincado sistema de piedra roja que conectaba los bloques negros y rojos.

Gameknight tiró el pico, sacó el encendedor y empezó a golpearlo. No estaba seguro de dónde lo había sacado y tampoco le importaba. Saltaron chispas y los bloques explosivos pronto empezaron a parpadear hasta que prendieron uno tras otro. Los monstruos vieron lo que ocurría y detuvieron el ataque. Pero eso ya daba igual, puesto que estaba sentado sobre la mayor bomba de Minecraft. Pronto moriría, pero al menos sin las garras y colmillos destrozándole el cuerpo.

El mundo se tiñó de blanco cuando la explosión lo lanzó por los aires en un torbellino de bloques de piedra y monstruos, y su risa se añadió al estruendo. Ahora entendía al Constructor y su deseo de dar la vida por los demás. «Aquello estuvo bien.» Detonaron más explosivos en una reacción en cadena que destruyó la isla por completo y dejó paso libre al torrente de lava, que arrasó lo que quedaba con vida. Desde el aire, Gameknight vio cómo Erebus salía volando hasta chocar contra el techo al tiempo que explotaban más bloques; sus ojos brillaban con odio y violencia. La pesadilla oscura se evaporó en un haz de orbes de experiencia y, ya sin PS, aún permaneció el reflejo de sus ojos blancos e incandescentes fijos en él. Todos los monstruos murieron y sus PE se sumaron a la confusión. Gameknight absorbió muchas de las diminutas esferas y sintió cómo crecían exponencialmente sus PE. Su risa se prolongó al ver morir a los monstruos, mientras el resto de usuarios permanecían pegados a las paredes de la caverna sin poder creer lo que veían.

Lo había conseguido, había salvado el servidor y a todas las criaturas digitales que vivían en él. Por fin había hecho algo completamente altruista y estaba realmente orgulloso. Siguió absorbiendo PE mientras la vida lo abandonaba. Ojalá hubiese sobrevivido, les habría demostrado a todos que podía ser algo más que un trol y un griefer... «Ojalá...» La oscuridad envolvió a Gameknight999 mientras moría.

CAPÍTULO 16
MÁS CERCA DE LA FUENTE

ameknight se despertó lentamente, con la mente borrosa, como si la realidad se hubiese fundido con el sueño que ya se desvanecía, pero ¿qué había soñado? «Algo de una batalla… ¿O había sido real?» Recordó un estruendo y un resplandor, criaturas que flotaban a su alrededor y desaparecían con un «pop» y dejaban tras de sí orbes brillantes de luz, esferas de colores que él absorbía como empujado por un potente tornado, y que al torbellino de color le siguió una dulce y apacible oscuridad.

Miró a su alrededor y vio árboles cuadrados a lo lejos, con sus hojas angulosas mecidas por la brisa, y vacas, muchas vacas, todas de forma y colores idénticos, como si sus cabezas cuadradas y sus cuerpos rectangulares vinieran de serie con el terreno.

«Minecraft…» Seguía en Minecraft. Suspiró. Los recuerdos se precipitaron en su cabeza: la batalla contra los monstruos, Erebus, Shawny y los demás usuarios, el Constructor… «Oh, no, el Constructor» Revivió la muerte del Constructor, que se reprodujo en su memoria una y otra vez hasta que notó cómo una lágrima le caía por la mejilla, con el corazón abatido por la tristeza. Echaba de menos a su amigo.

Gameknight999 se puso en pie e inspeccionó la zona mientras trataba de enterrar la tristeza en lo más profundo de sí. Miró alrededor y vio que estaba rodeado de colinas bajas salpicadas de robles, cuya corteza moteada destacaba contra el verde vibrante de la hierba y las flores rojas y amarillas, que añadían un toque de color al paisaje. Sí, definitivamente seguía en Minecraft; no se había desconectado. Al menos no estaba muerto, eso solo podía ser bueno, pero el Constructor... Echaba tanto de menos a su amigo... Su sonrisa, la canción que siempre tarareaba, su alegría de vivir...

—¡Constructor, no has muerto en vano! —gritó Gameknight con todas sus fuerzas para que lo oyese todo el mundo, aunque no había nadie—. ¡Hemos ganado la batalla y hemos salvado tu mundo!

—Qué bien —dijo una voz aguda a lo lejos.

Gameknight se giró hacia el lugar de donde provenía la voz y vio a un muchacho, un aldeano, que se acercaba con las manos cruzadas sobre el pecho.

—¿Qué? —preguntó.

—He dicho que qué bien —contestó el chico mientras se acercaba.

—¿De qué hablas?

—¿No sabes quién soy?

—¿Cómo? —preguntó Gameknight—. No te he visto en mi vida.

El chico era bajito, debía de medir la mitad que él, y el pelo rubio y largo le llegaba hasta los hombros. Su rostro cuadriculado estaba bien proporcionado, esbozaba una amplia sonrisa y tenía un largo y oscuro entrecejo que contrastaba con sus ojos de un azul deslumbrante. Recordaban al cielo de Minecraft, límpido y brillante.

—Soy yo, el Constructor —dijo el joven aldeano con una gran sonrisa.

—¿Constructor?

El muchacho asintió.

Gameknight lo miró, confundido.

—Ven, ponme la mano en el hombro —le dijo— y cierra los ojos. Bien. Ahora expande tu mente y escucha mi voz, no con los oídos sino con todo tu ser, con cada parte de tu cuerpo.

Gameknight se esforzó por escuchar, aunque no estaba muy seguro de lo que tenía que hacer.

Una vaca mugió a lo lejos.

—No, relájate y escucha.

Tomó aire y lo expulsó lentamente, abriendo todos sus sentidos, y escuchó, escuchó de verdad, no con los oídos sino con todo su ser. Podía oír el paisaje a su alrededor, la tierra y los árboles y las vacas y los cerdos, y todo emitía un tintineo con un toque disonante, como cuando golpeas levemente dos objetos de cristal para hacer música. Había notas estridentes y tensas luchando unas contra otras; le empezaron a doler los dientes. Entonces el muchacho empezó a tararear una melodía ligera y armónica que transmitía paz, tranquilidad y amor por la vida. «Constructor...» Visualizó al Constructor en su mente... «Era él... ¡Era él!»

—¡¡¡Constructor!!! —gritó mientras rodeaba con los brazos al muchacho y lo estrechaba con fuerza.

—Con cuidado... Ya me he muerto una vez hoy, no quiero volver a hacerlo.

Gameknight se rio y soltó a su amigo.

—Estás aquí... Pero ¿qué ha pasado? ¿Dónde estamos?

—Hemos pasado al siguiente servidor, más cerca de la Fuente —explicó el Constructor.

Era extraño tener a aquel muchacho delante de él, pero seguir imaginando a su amigo de pelo cano.

—¿Cómo?

—Creo que conseguí cruzar gracias a todos los PE que absorbí después de hacer explotar a los creepers en el puente —explicó el Constructor—. Sospecho que a ti te pasó algo parecido.

Miró a Gameknight con una expresión inquisitiva. Quería saber lo ocurrido.

—Esto… Detoné los explosivos que había bajo la isla porque inutilizaron la piedra roja, igual que ocurrió en el puente. Supongo que yo también absorbí muchos PE. —Gameknight estiró los brazos y se los miró. Eran igual de cuadriculados que antes, pero algo había cambiado—. Supongo que sigo en Minecraft y que no he conseguido liberarme.

—Así que por fin hiciste algo solo para ayudar a los demás… Interesante. Quizá hasta hayas madurado un poco, eso sí que no me lo esperaba —dijo su amigo en tono jocoso.

—Sí, supongo que sí —contestó un poco avergonzado—, pero ¿por qué me siento tan raro? Como si algo fuera mal. No sé qué es, solo noto que algo no va bien.

—Minecraft sigue en peligro.

—Pero creía que habíamos detenido el ataque —dijo Gameknight, confundido—. Derrotamos a los monstruos y destruimos a Erebus.

—Es cierto —respondió el Constructor—, pero solo en un servidor. Hay muchos servidores que conducen a este plano, y en este plano hay otros tantos que conducen al siguiente. Hemos detenido la invasión en mi servidor, pero seguro que no somos los únicos que hemos cruzado a este. Lo que percibes son los monstruos que han pasado también y que están atacando este servidor en su intento de llegar hasta la Fuente.

Gameknight cerró los ojos y expandió la mente hasta sentir el tejido de Minecraft, el mecanismo digital que funcionaba en las tripas de aquel mundo y que creaba todo lo que estaba al alcance de la vista, y entonces lo sintió, como una pieza suelta en un motor o una rueda fuera de eje. El engranaje de Minecraft estaba fuera de su sitio, retorcido y desconfigurado de algún modo indescriptible. Lo percibía con tanta claridad como la presencia del Constructor.

—La batalla no ha terminado —dijo el Constructor. Su voz aguda se confundía con el mugido de las vacas—. Es más, no ha hecho más que empezar, y tenemos que llegar hasta el final.

—Tienes razón —repuso Gameknight—. ¿Y ahora qué?

—Buscaremos una ciudad y empezaremos a reclutar fuerzas. Tengo la sensación de que la batalla no se librará en el mundo principal, sino en otro sitio. Ya vamos con retraso.

—Pues venga, en marcha —dijo Gameknight mientras le daba una palmada en el hombro a su amigo.

—Escoge el rumbo.

Gameknight divisó una montaña rocosa apenas visible a lo lejos, fijó el rumbo y echó a andar con su amigo al lado. El temor y la inquietud le roían por dentro. «La última batalla había sido terrible, ¿sobreviviremos a la siguiente?» Aún recordaba el odio que destilaba Erebus cuando murió, pero en aquel mundo había más, mucho más. Intentó despojarse del miedo y se concentró en las lejanas montañas. Gameknight999 y el Constructor se irguieron y emprendieron el camino hacia lo desconocido, hacia el destino de ambos y hacia el de aquel servidor, que pendía de un hilo.

¿FIN?

NOTA DEL AUTOR

Espero que os haya gustado *Invasión del mundo principal*. Escribirlo ha sido muy divertido, pero lo mejor será saber vuestra opinión. Dejad comentarios y críticas donde veáis el libro, me encantará leerlos.

También podéis entrar en www.markcheverton.com y decirme qué opináis del libro. Me encanta leer las historias de la gente que lo lee y me gustaría conocerlas todas. Podéis registraros en mi web. Enviaré avances de mi próximo libro, *La batalla por el inframundo: una novela de* Minecraft, que saldrá en 2015. También sortearé ejemplares de mis otras novelas, así que registraos y no os quedéis sin ellas (niños, pedid permiso a vuestros padres y no difundáis vuestros datos personales en Internet). Tened cuidado, divertíos ¡¡¡y cuidado con los creepers!!!

MARK CHEVERTON

EXTRACTO DE

LA BATALLA POR EL INFRAMUNDO

Dirigiéndose hacia la entrada de la caverna, Gameknight subió los escalones con la esperanza de alcanzar al Constructor y conseguir escapar. Una vez arriba, esprintó cruzando las puertas de hierro, abiertas de par en par, y entró en la gran estancia circular, idéntica a aquella otra en la que vio por primera vez al Constructor. Estaba llena de PNJ armados, y las antorchas de la pared proyectaban en el suelo sombras puntiagudas de las espadas en alto. El Constructor y los PNJ de la aldea, transformados en soldados, estaban listos. Gameknight podía oler el miedo en la estancia; la primera batalla era siempre la más terrorífica. Pero sabía que los PNJ no estaban ni la mitad de asustados que él. Visualizó las garras afiladas de los zombis acechándole desde su imaginación, las bolas de fuego de los blazes en busca de su carne. Se estremeció.

Se acercó al Constructor y le susurró al oído:

—El constructor de la aldea está a salvo, pero tenemos que sacarte de aquí a ti también. Malacoda aún puede utilizarte para llevar a cabo su plan. Tenemos que huir antes de que sea demasiado tarde.

—No hasta que hayamos ayudado a escapar a los demás aldeanos —dijo el Constructor, con la voz rebosante de coraje—. No sabemos lo que hará ese ghast cuando se dé cuenta de que el constructor ha desaparecido. Puede que mate a todos los que queden allí. Tenemos que ayudarles.

Gameknight se acercó más.

—Constructor, esta no es nuestra guerra —susurró.

—¿Qué dices? —le espetó su amigo, dando un paso atrás—. Todas las batallas son nuestra guerra. El mundo entero es nuestra guerra. Estamos aquí para detener a esos monstruos y salvar Minecraft, y todo lo que sirva para echar por tierra los planes de Malacoda *es* nuestra guerra. Así que empuña tu espada y prepárate.

La regañina del Constructor lo avergonzó, así que le hizo caso y desenvainó la espada. Gameknight se sentía aterrorizado ante la idea de enfrentarse a los monstruos del inframundo, pero le preocupaba aún más fallarle a su amigo. En pie junto a los defensores de la aldea, esperó.

«Odio estar tan asustado —pensó—. ¡Lo odio! ¿Por qué no puedo mostrar arrojo y valentía como el Constructor?»

La vergüenza provocada por su cobardía lo consumía por dentro, y el miedo envolvía su corazón como una víbora hambrienta lista para morder.

«¡Vamos, Gameknight, tú puedes!», se gritó a sí mismo. Sus pensamientos le sonaban ridículos. La frustración se apoderó de él.

Estaba muy asustado.

«Venga, arrojo y valentía —pensó. Y luego imploró—: ¡Arrojo y valentía!»

—¡¡¡Arrojo y valentía!!!

«Ay, ¿he dicho eso en alto?»

Los PNJ estallaron en vítores y las manos cuadradas palmearon hombros y espaldas a medida que un sentimiento de coraje y valentía se extendía por todos los rostros.

—¡Eso es! —gritó el Constructor—. Arrojo y valentía, como dice el Usuario-no-usuario. ¡Nos enfrentaremos a esas bestias y salvaremos la aldea!

Algo o alguien se acercaba.

Oyeron unos cuantos pies arrastrándose, parecían solo unos pocos, pero luego el ruido se hizo más fuerte. El arrastrar de muchos pares de pies resonaba por el túnel.

Muchos *algos* se acercaban.

Gameknight empuñó su espada con fuerza y miró alrededor. Vio las puertas de hierro que conectaban con la cámara de construcción, que estaban abiertas. Tuvo que hacer acopio de todas sus fuerzas para mantener los pies inmóviles y no salir huyendo por aquellas puertas.

«¡Odio estar asustado!»

Agarró su espada aún más fuerte y volvió a concentrar su atención en el túnel y en la masa de cuerpos que se avecinaba. Ya podía distinguir las formas —muchas— en el túnel a medida que las criaturas se acercaban a la estancia.

«¿Qué tipo de monstruos serán? ¿Zombis, creepers, arañas?»

Justo entonces, una multitud de aldeanos entró como una avalancha en la sala, con los entrecejos fruncidos de preocupación. Un suspiro de alivio se extendió por toda la estancia. No eran los monstruos… al menos no todavía.

—Deprisa, seguid por aquí hasta la caverna —los dirigió el Constructor—. Montaos en las vagonetas y huid por los túneles. Hay suficientes para todos… Vamos, deprisa.

Los aldeanos miraron con asombro al muchacho que les hablaba, pero sus palabras sonaban a orden. El Constructor se adelantó para que pudieran ver su atuendo. Enseguida se dieron cuenta de que era constructor e hicieron lo que decía. El flujo de aldeanos era casi constante, los padres guiaban a sus hijos y los vecinos ayudaban a los ancianos y a los enfermos. Todos corrían hacia la salvación subterránea: la red minera de vías.

Justo entonces, percibieron un olor a humo proveniente de la entrada del túnel. Al principio era muy leve, como si alguien hubiese encendido una cerilla cerca, pero se fue acentuando más y más. Pronto, el túnel se llenó de humo y el aroma acre hizo que a Gameknight le picara la garganta con cada bocanada de aire.

Los monstruos… se acercaban.

Los últimos aldeanos salieron del túnel cubiertos de cenizas y hollín, algunos con la ropa medio quemada.

—Ya vienen —dijo uno con voz aterrorizada—. Son blazes, y son muchísimos.

—Y ghasts, y zombis y slimes magmáticos —añadió otro—. Hay cientos… o miles, aunque hay una mujer reteniéndolos con el arco.

—¿Qué mujer? —preguntó el Constructor—. ¿Quién es?

—No lo sé —dijo la última aldeana que entró mientras se dirigía hacia la escalera de acceso al piso inferior de la caverna—. Nunca antes había visto a esa aldeana pelirroja, pero está impidiendo que los monstruos accedan a la torre con su arco. Cuando se quede sin flechas… estará perdida.

—¿Has oído eso? —preguntó el Constructor a Gameknight—. Tenemos que ayudarla. Vamos, todo el mundo, la batalla se libra ahí arriba.

Acto seguido, el Constructor avanzó a través de la humareda que llenaba el túnel hasta la escalerilla que subía a la superficie. El resto de soldados aldeanos siguieron a su joven líder mientras que Gameknight se quedó inmóvil, presa del miedo.

No era un héroe. Solo era un niño al que le gustaba jugar a Minecraft, pero no podía dejar que su amigo, su único amigo en aquel servidor, el Constructor, se enfrentara solo a aquel peligro. Tenía que ayudarle a pesar del miedo que envolvía su cabeza y pese a que el coraje que había mostrado en el anterior servidor no fuera ya más que un recuerdo lejano. Se acercó al pasadizo y acertó a distinguir un eco del choque de espadas. El Constructor...

Esprintó todo lo deprisa que pudo a través del túnel, a través de las nubes de humo que lo inundaban todo, con la espada dorada en alto. Delante de él, vislumbró destellos de hierro y oro: sus soldados estaban luchando con los hombres-cerdo zombis. Se abrió paso entre la multitud y atacó a un zombi cuya carne putrefacta colgaba del cuerpo en tiras, y con partes del cráneo y costillas al descubierto por la ausencia de piel. Era un blanco perfecto para su afilada espada. Había hecho aquello muchas veces, en ocasiones a monstruos y en otras a jugadores. Su historial como matón cibernético no era algo de lo que se sintiera orgulloso, pero la experiencia le resultaba útil ahora que tenía que esquivar los ataques de los zombis y atravesarlos con la espada. Gameknight999 era una máquina de matar, actuaba sin pensar, con la mente perdida en el fragor de la batalla. Con la eficiencia que da la práctica, atravesaba la horda enemiga ensartando su espada bajo las corazas y bloqueando ataques letales, desplazándose con destreza por la línea de batalla.

Monstruo tras monstruo, Gameknight luchó con toda la caterva de cuerpos en un intento de llegar hasta su amigo. Divisó a lo lejos al muchacho, que atacaba a los monstruos en las piernas con su espada de hierro, agachándose después de cada golpe aprovechando su corta estatura. Gameknight999 derribó a un monstruo y propinó un espadazo a otro. Su cuerpo putrefacto desapareció con un «pop» al consumirse sus PS. Giró sobre sí mismo para esquivar una espada dorada y golpeó al zombi a la vez que acuchillaba a una araña, matándolos a ambos. El Usuario-no-usuario asestaba un golpe tras otro, luchando por puro instinto mientras se abría paso por el túnel. Al fin, alcanzó a su amigo.

El Constructor se estaba enfrentando a un hombre-cerdo zombi ataviado con una armadura dorada que parecía mantequilla derretida sobre el monstruo. A la velocidad del rayo, Gameknight asestó varios golpes en los puntos débiles de la armadura: debajo de los brazos, junto al cuello, en la cintura… Atacaba las zonas donde se unían las distintas partes de la coraza, y maniobraba con la espada para que la hoja se introdujera en las juntas y atravesar así la carne. Destrozó a la criatura en cuestión de minutos, ganando tiempo para hablar con su amigo.

—Constructor, tenemos que sacarte de aquí.

—No hasta que salvemos a la Cazadora —objetó el Constructor.

—Pero Malacoda quiere atraparte, como a los demás constructores. Ahora mismo, su objetivo eres tú, no estos PNJ. Vamos, tenemos que largarnos de aquí.

Justo entonces apareció la Cazadora, cubierta de hollín. Parte de su vestimenta estaba chamuscada y los bordes de la túnica aún desprendían un poco de humo. Su rostro parecía hecho de piedra, en su expresión se mezclaban una determinación adusta y un odio inconmensurable que llevaba grabados a fuego en la piel.

—¡Menos mal que estáis aquí! —dijo a toda velocidad—. ¿Tenéis flechas? Me estoy quedando sin munición. —Les dirigió una sonrisa con los ojos llenos de emoción y ganas de pelea.

—¿Se puede saber qué haces? ¡Tenemos que salir

de aquí! —gritó Gameknight por encima del fragor de la batalla.

En aquel preciso instante, un hombre-cerdo zombi los embistió. La Cazadora desvió la espada dorada con su arco a la vez que Gameknight le asestaba tres golpes rápidos y certeros en el costado a la criatura. El monstruo se evaporó, dejando tras de sí varios orbes de experiencia que absorbió Gameknight.

—Bien —dijo la Cazadora con una sonrisilla extravagante. Después se giró y lanzó otra flecha hacia el túnel oscuro, alcanzando a un monstruo a distancia.

De repente, una bola de fuego salió de la oscuridad y pasó sobre sus cabezas.

—Blazes, o algo peor —aventuró Gameknight, cuya voz dejaba traslucir la inquietud—. Tenemos que irnos.

—Creo que tienes razón —repuso la Cazadora.

—¡Todo el mundo atrás, volved a la red de vías! —gritó el Constructor; su voz aguda atravesó el clamor de la batalla.

Los aldeanos iniciaron la retirada hacia la sala de construcción. Los hombres-cerdo zombis se mostraron algo confundidos al principio, pero enseguida echaron a correr tras sus presas. Gameknight y el Constructor los atacaban desde la retaguardia, golpeándolos en brazos y piernas para matarlos rápido. Las flechas de la Cazadora, que buscaba blancos sin descanso, pasaban rozándole la cabeza a Gameknight y mataban a los monstruos del pasadizo. En pocos minutos mataron a todos los zombis del túnel y pudieron seguir a los aldeanos hasta las vagonetas. Esprintaron hasta la cámara de construcción y bajaron los escalones que llevaban a la base de la caverna. Cuando llegaron allí, la sala empezó a llenarse de bolas de fuego. Impactaban una tras otra en los aldeanos, que salían ardiendo y perdían PS a toda velocidad... hasta que morían. Más bolas de fuego se colaron en la cámara y un ejército de blazes irrumpió por las idénticas puertas de hierro que daban paso a la sala. Las criaturas estaban hechas de fuego y humo, con varillas giratorias amarillas en el centro y una cabeza también amarilla que flotaba sobre el cuerpo de fuego. Sus inertes ojos negros miraban hacia abajo, a los aldeanos supervivientes, con un odio tremendo. Los blazes lanzaban proyectiles en llamas a los PNJ, cargas ígneas que se estrellaban contra ellos y consumían sus PS en cuestión de minutos. Apuntaban con cuidado para no darle al Constructor, de lo cual se beneficiaron Gameknight y la Cazadora por encontrarse a su lado.

—¡Deprisa, subid a las vagonetas! —gritó el Constructor—. ¡Los últimos que rompan las vías tras de sí! ¡Vamos!

Los aldeanos que aún quedaban con vida se dirigieron a las vagonetas, y Gameknight y sus compañeros hicieron lo propio. De repente, oyeron un ruido proveniente de la entrada de la caverna. Era un sonido horrible, como el maullido de un gato herido y quejumbroso. Provenía de una criatura rebosante de una desesperación inenarrable mezclada con la sed de venganza contra todo ser vivo y feliz. Pocos habían oído aquel sonido y habían vivido para contarlo, pues provenía de la más terrible de las criaturas del inframundo: un ghast.

Gameknight se dio la vuelta y vio una gran criatura blanca que flotaba lentamente hacia ellos desde la entrada de la caverna. Del cubo blanco y grande colgaban nueve largos tentáculos, que se retorcían deseosos de atrapar a su siguiente víctima. Aquel no era un monstruo cualquiera. Era la criatura de mayor tamaño que Gameknight había visto en Minecraft, mucho más grande que los ghasts comunes. No… Aquello era distinto… y era horrible. Aquel horrendo ghast era el rey del inframundo y respondía al nombre de Malacoda.

Gameknight estaba petrificado de miedo. Era la criatura más terrorífica que había visto jamás, a su lado Erebus parecía un juego de niños. El monstruo era la encarnación misma de la angustia y la desesperación unidas por oxidados hilos de rabia y odio. Era el rostro mismo de las pesadillas, la cara del terror.

Los gemidos de Malacoda instauraron un silencio fantasmal en la sala. Los aldeanos se giraron hacia el sonido y se quedaron boquiabiertos de asombro. No habían visto nada tan terrorífico en sus vidas, y enseguida cundió el pánico. Los PNJ chocaban entre ellos al intentar subirse en las vagonetas, casi trepando unos por encima de los otros en su intento de escapar.

El rey del inframundo atacó a uno de los aldeanos. Disparó una bola de fuego gigante hacia la desventurada víctima y sepultó al condenado en una tormenta de fuego que, afortunadamente, consumió sus PS en cuestión de segundos.

Malacoda se echó a reír.

—¡Ja, ja, ja, ja! —tronó el ghast—. Ha sido rápido.

Escudriñó la cámara en busca de su siguiente víctima y lanzó bolas de fuego a un PNJ, y luego a otro, y a otro más, así hasta que su ígnea mirada roja se posó en el Constructor, Gameknight y la Cazadora, momento en el que detuvo su ataque. Los aldeanos que quedaban con vida, aprovechando la pausa, saltaron dentro de las vagonetas y huyeron, dejando a los tres camaradas frente a frente con el rey del inframundo.

—¿Pero qué tenemos aquí? —Sus ojos rojos y brillantes examinaron al Constructor meticulosamente—. Un niño que es mucho más que un niño… Interesante. —Su voz maligna inundaba la cámara. Apuntó al Constructor con uno de sus tentáculos de serpentina—. Te he estado buscando.

—¡No conseguirás llevarte a ningún constructor de

esta aldea, demonio! —le gritó el Constructor al monstruo.

—Ah, ¿no? —contestó Malacoda.

Agitó sus tentáculos hacia un grupo de blazes. Las criaturas ígneas flotaron lentamente hacia el trío. Sus cuerpos refulgentes lanzaban chispas y ceniza.

—Deprisa, a las vagonetas —ordenó el Constructor—. Yo iré el último. No se arriesgarán a alcanzarme con sus bolas de fuego.

Con tres pasos rápidos, la Cazadora saltó a una vagoneta y salió como una bala hacia el túnel. Luego, Gameknight y el Constructor se subieron a la última, pero Malacoda lanzó una enorme bola de fuego hacia el túnel en un intento de cortarles el paso. La vagoneta corrió por las vías justo delante de la carga ígnea, mientras la parte trasera del túnel era consumida por las llamas. El túnel se derrumbó justo detrás de su vagoneta y quedó sellado.

Habían escapado, pero por los pelos.

Mientras iban a toda velocidad por las vías, Gameknight aún pudo oír los ensordecedores gritos de frustración de Malacoda, el rey ghast, que vociferaba con todas sus fuerzas.

—¡Os ataparé…!

Este libro utiliza el tipo Aldus, que toma su nombre
del vanguardista impresor del Renacimiento
italiano Aldus Manutius. Hermann Zapf
diseñó el tipo Aldus para la imprenta
Stempel en 1954, como una réplica
más ligera y elegante del
popular tipo
Palatino

***

**

*

Invasión del mundo principal
se acabó de imprimir
un día de primavera de 2015,
en los talleres gráficos de Liberdúplex, s.l.u.
Crta. BV-2249, km 7,4, Pol. Ind. Torrentfondo
Sant Llorenç d'Hortons (Barcelona)

***

**

*